教你讀
唐代傳奇 續玄怪錄

劉瑛——著

導讀

小說古來被視為「小道」，所以說「致遠恐泥」。不為學者所看重。《漢書・藝文志》所列古代小說凡九種，一種也沒傳下來。

但到了唐代，由於科舉制度的特重詩、文，乃使唐代的詩歌、和小說，發達通皇。尤其是傳奇小說，一篇之中，涵蓋了敘述、議論和詩歌。正可表現出作者在這三方面的實力，而小說中的突出情節，新奇事物，男女情愛，更能得到一般人的喜愛。小說的影響力，竟超過詩、賦，普及大眾。而唐人想像力之強，像他們所發明的劍俠、狐仙、夜叉、愛情等小說，大大的影響了後代文學作品。像我們現代年青人崇拜的月下老人，視為姻緣之神，實際上便是唐代牛僧儒《玄怪錄》中一篇〈定婚店〉裡所創造出來的。

牛僧儒是兩朝宰相，他所著《玄怪錄》，流傳頗廣。《四庫總目提要》子部小說家類，其〈存目〉中論《玄怪錄》云：

> 《幽怪錄》一卷，兩淮鹽政採進本。唐牛僧儒撰。《唐書・藝文志》作《玄怪錄》。朱國楨《湧幢小品》曰：「牛僧儒撰《玄怪錄》，楊用修改為《幽怪錄》，因世廟重『元』字，用修不敢不避。其實一書，非刻之誤也。」然《宋史・藝文志》載李德裕《幽怪錄》十卷，《唐志》作十卷，今止一卷，殆抄合而成，非其舊本。末附李復言《續錄》一卷。考《唐志》及《館閣書目》皆作五卷。《通考》則作十卷，云：「分仙、術、感應三門。」今僅存殘篇數頁，並不成卷矣。然志怪之書，無關風教，其完否，亦不必深究也。

按：《唐書・藝文志》列載：

> 李復言《續玄怪錄》五卷。

末著說明。《宋史》卷二百六〈藝文六〉載：

> 李德裕：志文機實一卷。

又幽怪錄十卷。

而後有：

李復言：續幽怪錄五卷。

竟把《幽怪錄》（即玄怪錄）列於牛僧儒死對頭李德裕名下。

宋晁公武《郡齋讀書志》卷三下〈小說類〉列：

續玄怪錄十卷。

註云：右唐李復言撰。續牛僧儒書也。

後晁公武百年左右的陳振孫所著的《直齋書錄解題》卷十一中卻說：

> 元（玄）怪錄十卷。
>
> 註云：唐牛僧儒撰。〈唐志〉十卷。又言李復言《續錄》五卷。館閣書目同。今但有十一卷，而無續錄。

事隔百年，變化好大。我們猜測：兩書到了南宋，可能已混成一體了。

明代中葉，又有四卷本的《續玄怪錄》問世。書後印有「臨安府大廟前尹家書鋪刊行」字樣。清咸豐時，胡珽把它收入「琳琅秘室叢書」中。其後，徐乃昌又編入「隋菴叢書續編」。商務印書館又以《續玄怪錄》書名印行。都二十二篇。又在人人文庫的《舊小說》第四集中刊出十九篇，書名也是《續玄怪錄》。

但篇數保存得最多的仍推宋代太平興國年間編成的《太平廣記》。其取自《續玄怪錄》者達二十三篇。另取自《續幽怪錄》者三篇。兩書其實是一書，後者三篇之中，兩篇與前者所引相同。故僅〈尼妙寂〉一篇而已。前者未列入。

我們就四卷本《續玄怪錄》、《太平廣記》與商務《舊小說》所載各篇列表於次：

四卷本篇名	廣記篇名	卷次	商務舊小說	篇次
一、楊恭政	楊敬真	六十八		
二、辛公平上仙				
三、涼國公李愬	李愬	二百七十九		
四、薛中丞存誠	薛存誠	二百七十九		
五、麒麟客	麒麟客	五十三		
六、盧僕射從史	李湘	三百四十六	李湘	8
七、李岳州	李俊	三百四十一	李俊	9
八、張質	張質	三百八十	張質	10
九、韋令公臯	韋臯	三百九	韋臯	19
十、鄭虢州騊夫人	盧生	一百五十九	盧生	17
十一、薛偉	薛偉	四百七十一		
十二、蘇州客	劉貫詞	四百二十一	劉貫詞	7
十三、張庾	張庾	三百四十五		
十四、竇玉妻	竇玉（謂出玄怪錄）	三百四十三		
十五、房杜二相國	房玄齡	三百二十七	房玄齡	18
十六、錢方義	錢方義	三百四十六		
十七、張逢	張逢	四百二十九	張逢	5
十八、定婚店	定婚店	一百五十九	定婚店	12
十九、葉令女	盧造	四百二十八	盧造	11
二十、驢言	張高	四百三十六		
廿一、木工蔡榮	蔡榮	三百八	蔡榮	16
廿二、梁革	梁革	二百一十九		
廿三、李衛公靖	李靖	四百一十八		
	杜子春	一十六		
	張老	一十六	張老	5
	裴諶	一十七	裴諶	1
	柳歸舜（《類說》列於《出幽怪錄》）	一十八	柳歸舜	3
	劉法師	一十八	劉法師	4
	李紳	四十八	李紳	2
	韋氏子	一百一		
	延州婦人	一百一		
	琴台子	一百五十九		
	刁俊朝（《類說》歸續玄怪錄）	二百二十		
	唐儉	三百二十七	唐儉	14
	馬震	三百四十六		
	尼妙寂（類說收入玄怪錄）	一百二十八	尼妙寂	13

以上計列出《廣記》所收者，共三十五篇。四卷本《續玄怪錄》二十三篇。商務《舊小說》十九篇。除去重複各篇，實得三十六篇。而這三十六篇之中，〈柳歸舜〉、〈刁俊朝〉、〈尼妙寂〉，曾慥類說列入《玄怪錄》中。〈竇玉妻〉一篇，《廣記》也歸入《玄怪錄》中。尚有〈定婚居〉、〈張老〉、〈劉法師〉和〈葉令女〉，我們也認為屬於《玄怪錄》，如此一來，真正屬於《續玄怪錄》的，只有二十八篇而已。

由於《玄怪錄》和《續玄怪錄》曾合抄成一書。千餘年來，分分合合，實在錯綜難解。上述八篇屬《玄怪錄》的各篇，我們放在《玄怪錄》中說明。我們現就此屬於《續玄怪錄》的二十八篇，依《廣記》卷數排列，逐一校錄解說。

至於本書作者李復言，《新唐書·藝文志》只註說「大中時人」餘無可考。王夢鷗先生所著《唐人小說研究》四集二「玄怪錄及其後續作品辨略」下中說：

> 錢易南部新書（甲編）云：「李景讓典貢年，有李復言者，納省卷有纂異記一部十卷。牓出曰：事非經濟，動涉虛妄，其所納，仰貢院驅使官卻還。復言因此罷舉」。錢易，吳越王錢倧之子，以時世相近，多見晚唐載籍，關於李復言事，此為僅見。李景讓、李憕之孫也。舊唐書附見於忠義傳。史稱其清正。唐文宗開成四年為禮部侍郎，次年點貢

舉。以其清正，或薄志怪之文；然，文宗卒於開成五年正月；武宗即位，盡罷牛僧孺之黨，以李德裕為宰相。新唐書（卷一七七）李景讓傳云：『蘇滌裴夷直皆景讓所善者，因其為李宗閔、楊嗣復（皆牛黨）所擢，故景讓在會昌時，抑壓不遷。』是則，其為人對於牛黨有瓜葛者，別有所忌，明矣。以此觀之，則李復言之續牛書而遭擯斥，猶不僅其書之無關經濟已也。唯錢易所記李氏書名為「纂異記」。「纂異記」乃李玫所撰，見於唐志，書僅一卷。此撰者姓名與卷數並異，疑為續錄之誤。廣記注續錄，嘗一誤為「續異錄」（見梁革篇末）；註玄怪錄，嘗再誤為「異怪錄」（見韋協律兄篇末）。南部新書或亦偶同此誤乎？茲檢閱其人所撰諸文，於元和以下怪事，或在篇末附以故事來歷，則似其時已事舉子業，奔走名場，如錢方義篇言，曾赴岐州之薦。蓋每薦而迭不售，於太和中乃至巴南，而蓬州。迨至開成末，又為李景讓所斥，或即不復存科名想矣。王定保摭言，錄唐世文人或三十舉方獲一第，或三十舉而竟無成者，不一其人，李復言當亦屢舉不第者。倘以三十舉逆數之，自開成末（八四〇）上溯可至元和五年（八一〇），然則其人亦生於貞元之世，至大中（八四七—八五九）時猶未忘說奇錄怪，亦可謂老而益壯矣。然書名續玄怪錄，則不能與牛僧孺無關。意者其始以纂異記為名；故不得意於主司，蹭蹬於大中時代，牛僧孺、李德裕相繼云亡，然後進者以牛氏二子勢位日崇，牛書傳誦者多，李復言亟欲附驥，又改稱其書為今名乎？所未知也。

王教授說得合情合理。然而，我們對李復言的身世，也只知道這些而已。

目次

導讀……3
一、楊敬真……13
二、辛公平上仙……18
三、李葱……19
四、薛存誠……22
五、麒麟客……26
六、李湘……30
七、李俊……34
八、張質……39
九、韋皐……43
十、盧生……47
十一、薛偉……50

十二、劉貫詞……55
十三、張庾……60
十四、房玄齡……63
十五、錢方義……65
十六、張逢……70
十七、驢言……74
十八、蔡榮……77
十九、梁革……80
二十、李靖……84
二十一、杜子春……89
二十二、裴諶……96
二十三、李紳……102
二十四、韋氏子……106
二十五、延州婦人……110
二十六、琴臺子……112
二十七、唐儉……115
二十八、馬震……118

一、楊敬真

楊恭政，虢州閿鄉❶縣長壽鄉天仙村田家女也。年十八，適同村王清。其夫貧，力田，楊氏奉箕箒，供農婦之職甚謹❷。夫族目之曰勤力新婦。性沉靜，不好戲笑。有暇，必灑掃靜室，閉門閑居，雖鄰婦狎之，終不相往來。生三男，一女。年二十四歲。

元和❸十二年五月十二日夜，告其夫曰：「妾神識頗不安，惡聞人語，當於靜室寧之。請君與兒女暫居異室。」其夫以田作困，又保無他，因以許之，不問其故。

楊氏遂沐浴，著新衣，掃灑其室，焚香閉戶而坐。及明，訝其起遲，開門視之，衣服委於床上，若蟬蛻然❹，身已去矣。但覺異香滿屋。其夫驚，以告其父母。共歎之。

次鄰人來，曰：「昨夜夜半，有天樂從西而來，似若雲中下於君家，奏樂久之，稍稍上去。閭村皆聽之，君家聞否？」而異香酷烈，遍數十里。村吏以告縣令李邯，遣吏民遠近尋逐，皆無蹤迹。因令不動其衣，閉其戶，以棘環之❺，冀其或來也。

至十八日夜，五更，村人復聞雲中仙樂之聲，異香之芳，從東來，復王氏宅，作樂久之而去。王氏亦無聞者。及明，來視其門，棘封如故。房中髣髴若有人聲。遽走告縣令，李邯親率僧道官吏，共開其門，則新婦者宛在床❻矣。但覺面目光芒，有非常之色。

邯問曰：「向何所去？今何所來？」

對曰：「昨十五日夜，初有仙騎來，曰：『夫人當上仙，雲鶴即到，宜靜室以俟之。』遂求靜室。至三更，有仙樂，彩仗，霓旌，絳節❼，鸞鶴紛紜，五雲來降，入於房中。執節者前曰：『夫人准籍合仙，仙師使者來迎，將會於西嶽。』於是彩童二人，捧玉箱來獻，箱中有奇服，非綺非羅，製若道人之衣；珍華香潔，不可名狀。遂衣之。畢，樂作三闋，青衣引白鶴來，曰：『宜乘此。』初尚懼其危，試乘之，穩不可言。飛起而五雲捧出，綵仗霓旌，次第前引，至於華山雲臺峯。峯上有盤石，已有四女先在彼焉：一人云姓馬，宋州人；一人姓涂，幽州人；一人姓郭，荊州人；一人姓夏，青州人；皆其夜成仙，同會於此。傍一小仙曰：『並捨虛幻，得證真仙，今當定名，宜有真字。』於是馬曰信真，涂曰湛真，郭曰修真，夏曰守真。其時五雲參差，遍覆崖谷❽，妙樂羅列，間作於前。五人相慶曰：『同生濁界，並是凡身。一旦翛然，遂與塵隔❾。今夕何夕，歡會於斯，宜各賦詩，以導其意。』信真詩曰：『幾劫澄煩思，今身僅小成。誓將雲外隱，不向世間行。』湛真詩曰：『綽約離塵界，從容上太清。雲衣無綻日，鶴駕沒遙程。』修真詩曰：『華嶽無三尺，東瀛僅一杯。入雲騎彩鳳，歌舞上蓬萊。』守眞詩曰：『共作雲山侶，俱辭世界塵。靜思前日事，拋卻幾年身。』恭政亦繼詩曰：『人世徒紛擾，其生似蕣華。誰言今夕裏，俛首視雲霞。』既而雕盤珍果，名不可知。妙樂鏗鍠，響動崖谷。俄而執節者請曰：『宜往蓬萊謁大仙伯。』五眞曰：『大仙伯為誰？』曰：『茅君也。』妓樂鸞鶴，復次第前引，東去，倏忽間已到蓬萊。其宮闕皆金銀，花木樓殿，皆非人世之製作。大仙伯居金闕玉堂中，侍衛甚嚴。見五眞喜曰：『來何晚耶！』飲以玉盃，賜以金簡鳳文之衣，玉華之冠，配居蓬萊華院。四人者出，恭政獨前曰；『父王清年高，無人侍養，請迴侍其殘年，王父去世，然後從命；誠不忍得樂而忘王父也。唯仙伯哀之。』仙伯曰：『恭政，汝村一千年，方出一仙人，汝當之會。無自墜其道。』因勑四眞送至其家，故得還也。」

郡問：「昔何修習？」

曰：「村婦何以知，但性本虛靜，閑即凝神而坐，不復俗慮得入胸中耳。此性也，非學也。」

又問要去可否？

曰：「本無道術，何以能去。雲鶴來迎，即去。不來，亦無術可召。」於是邈謝絕其夫，服黃冠。

邯以狀聞州，州聞廉使⑩。時崔尚書從按察陝輔，延之，舍於陝州紫極宮。請王父於別室，人不得升其階。唯廉使從事及夫人得之瞻拜者，才及階而已。亦不得升。廉使以聞，上召見。舍於內殿，虔誠訪道，而無以對。罷之。今見在陝州，終歲不食，時啗果實，或飲酒三兩盃，絕無所食，但容色轉芳嫩耳。

校志

一、本文據《太平廣記》卷六十八與世界《唐人傳奇小說》校錄。《廣記》題為〈楊敬真〉。徐乃昌校云：「作恭政者，避宋諱也。」故文中「小仙曰：『今當定名，宜有真字。』」故馬曰信真、徐曰湛真，郭曰修真。夏曰守真。而恭政未改名。因為，她原就叫「敬真」。

二、王夢鷗先生《唐人小說研究》認「本文以名『楊敬真』為是，不然，馬、徐、郭、夏取名真，於楊恭政卻沒交代？」所言甚是。

三、第七段「十五日夜」疑是「十一日夜」之誤，故十一日要求靜室，十三日便不見人了。

註釋

❶號州閿鄉縣——今河南閿鄉縣。

❷奉箕箒，供農婦之職甚謹——即為婦，供職甚謹。非常盡職。

❸元和——唐憲宗年號，共十五年。自西元八〇六至八二〇年。

❹若蟬蛻然——蟬與蛇都會解皮，才能長大。蟬脫下的皮可作中藥，叫「虫蛻」。

❺次鄰——隔壁人家。

❺以棘環之——把有刺的樹枝環繞。這麼一來，除非能飛，否則進不了房間。

❻宛在床矣——宛然在床上。好像在床上。

❼彩仗，霓旌，絳節——仗、兵器。彩仗、是典禮用的類似武器的東西。霓旌、彩色旗幟。絳節、絳色的符節。都是官、神出巡時的排場。

❽五雲參差，遍覆崖谷——五色雲霞，佈滿崖谷。〈長恨歌〉：「樓閣玲瓏五雲起。」

❾一旦翛然，遂與塵隔——翛，音消。一旦無拘無束，便覺與塵世隔絕。

❿以狀聞州，州聞廉使——唐地方政府，採州、縣二級制。州數太多，乃分道以司監察，天下置四十餘道。道的長官，初名按察使，後改為採訪處置使。既又改為觀察使。所以廉察各州，故又簡稱廉使。

二、辛公平上仙

此文不見於唐人筆記小說，亦未收入《太平廣記》。

故事說：元和末年，辛公平赴？，在京城途中，為人邀入宮內。遙見殿上有似宦官者，正責讓一人。旋即殺之。

辛公平見狀，股慄不敢前，因隨來人還至原處。

按：中唐以下，時有宦官辱君弒君之事。元和天子憲宗，暴卒。皆言宦官陳弘志弒逆。又敬宗亦為宦者弒於更衣室內。

此等故事，唐代無人敢寫。若因而得罪宦官，死無葬身之地矣。

故：本文從缺。

三、李愬

涼武公愬❶，以殊勳之子，將元和之兵，擒蔡破鄆❷。收城下壁，均以仁恕為先。未嘗枉殺一人，誠信遇物，發於深懇❸。

長慶❹元年秋。（愬）自魏博節度使左僕射平章事詔徵還京師。將入洛，其衙門將石季武先在洛，夢涼公自北登天津橋，季武為導。以宰相行，呵叱動地。有道士八人，乘馬，持絳節幡幢，從南欲上（橋）。導騎呵之。

對曰：「我迎仙公，安知宰相？」招季武與語。季武驟馬而前❺。

持節道士曰：「可記我言？聞於相公」。其言曰：

「鸞鑾排金闕，乘軒上漢槎。

浮名何足戀，高舉入煙霞。」

季武原不識字，記性又少，及隨道士信之，再聞已淂。

道士曰：「已記淂，可先白相公。」

（季武）乃驚覺，汗流被體。喜以為相國猶當上仙，況俗官乎？後三日，梁公果自北登天津橋，季武為導。因入憩天宮寺。月餘而薨。時人以公仁恕端慤之心，固合於道❻，安知非謫仙數滿而去乎❼？

校志

一、本文據《太平廣記》卷二百七十九與商務《舊小說》第四集《續玄怪錄》校錄，予以分段。並加註標點符號。四卷本標題為〈梁國公李愬〉。

二、唐時，吐蕃（音「突播」）不時寇邊。他們認為：「唐名將僅李晟、馬隧與渾瑊爾。」李愬是李晟十五個兒子中最知名的一個。兩唐書均有傳。《新書》稱他：字元直，有籌略，善騎射。初節度使唐鄧，擒賊將李祐而能待之以誠，卒得其助，雪夜入蔡州，生擒吳元濟。降眾二萬餘，愬不戮一人。屯兵鞠場以俟宰相裴度。堅持以下屬見宰相之禮參見。詔進檢校尚書左僕射，山南東道節度使，封梁國公。他行己儉約，昆弟賴家勛貫，飾輿馬，衿空廬。只有李愬，所處乃父時故院，無所增廣。史臣贊他說：愬得李祐不殺，付以兵不疑，知可以破賊也。祐受任不辭，決策入死以愬能用其謀也。祐之才，待愬乃顯。故曰平蔡功，愬為多。（平蔡：平蔡州吳元濟之亂）（《新唐書》卷一百五十四。）

三、李愬受封檢校尚書左僕射，以今日的語言來說：「加宰相銜。」故本文稱他為「宰相」。

四、第十行「及隨道士信之。」疑為「及隨道士言之。」

註釋

❶李愬——身世仕履見本文「校志：」二。

❷擒蔡——蔡州吳元濟不臣，宰臣裴度領命攻取蔡州。李愬先入蔡州，生擒吳元濟。故云擒蔡。

❸誠信遇物，發於深懇——以誠和信待人，完全是發自內心的誠懇。

❹長慶——唐穆宗年號。共四年。自西元八二一至八二四年。

❺驟馬而前——驟然騎馬向前。

❻時人以仁恕端愨之心，固合於道——時人認為他以仁、恕待人，以誠懇存心，和處世的大道理相合。

❼安知非謫仙數滿而去乎——又怎麼知道：他不是，原就是神仙，受謫下凡、如今受謫期滿再回去仙府的呢？

四、薛存誠

御史中丞薛存誠，元和❶末，由臺丞入給事中❷。未朞，復亞臺長❸。憲閣清嚴，俗塵罕到❹，再入之日，浩然有閑曠之思❺。及廳吟曰：

捲簾疑客到，入戶似僧歸❻。

後月，閽吏因晝寢未熟，髣髴間。見僧童數十人，持香花幢蓋，作梵唱，次第入臺。閽吏呵之曰：「此御史臺，是何法事，高聲入來？」其一僧自稱識達。是中丞弟子。「來迎本師。師在臺，可入省迎乎？」閽吏曰：「此中丞官亞臺。本非僧侶，奈何敢入臺門？」即欲擒之。識達曰：「中丞原是須彌山東臺靜居院羅漢大德，緣誤與天人言，意涉近俗。謫來俗界五十年。年足合歸，故來迎耳。非汝輩所知也。」

閽吏將馳報，遂驚覺。

後數日，薛公自臺中遇疾而薨。僭伺其年，正五十矣。

校志

一、本文據《太平廣記》卷二百七十九校錄，予以分段，並加註標點符號。

二、四卷本《續玄怪錄》題名〈薛中丞存誠〉。

三、按：薛存誠，兩唐書均有傳。《新唐書》卷一百六十二本傳曰：

> 薛存誠字資明，河中寶鼎人。中進士第。擢累監察御史。元和初，討劉闢，郵傳事叢，詔以中人為館驛使，存誠以為害體甚，奏罷之。轉殿中侍御史，累遷給事中。瓊林庫廣籍工徒，存誠曰：「此姦人羼名以避征役，不可許。」又神策軍與咸陽尉袁僜不平，誣奏之，僜被罰。二敕皆執不下。憲宗悅，遣使勞之，拜御史中丞。浮屠鑒虛者，自貞元中關通賂遺，倚宦豎為姦，會坐于頔、杜黃裳家事，逮捕下獄。存誠窮劾之，得贓數十萬，當以大辟。權近更保救於帝，有詔釋之，存誠不聽。明日，詔使詣臺諭曰：

「朕須此囚面詰，非赦也。」存誠奏曰：「獄已具，陛下必欲召赦之，請先殺臣乃可。不然，臣不敢奉詔。」鑒慮卒抵死。江西監軍高重昌妄劾信州刺史李位謀反，追付仗內詰狀。存誠一日三表，請付位御史臺。及按，果無實。

未幾，復為給事中。會御史中丞闕，帝謂宰相曰：「持憲無易存誠者。」乃復命之。會暴卒，帝悼惜，贈刑部侍郎。存誠性和易，於人無所不容，及當官，毅然不可奪。

唐代宦官之禍，遠較其他朝代為烈。薛公開罪群閹，我們懷疑，他的暴卒，未許不是為宦官所害！

註釋

❶元和——唐憲宗年號。共十五年。自西元八〇六至八二〇年。

❷由臺丞入給事中——臺、御史臺。唐中央官制，三省、一台即御史臺、九寺、四監、十六衛。殿中侍御史官階從七品下，給事中屬門下省，階正五品上。由御史臺轉入門下省。

❸未朞，復亞臺長——朞，一年。三百六十五日，未朞，不到一年復亞臺，即御史臺之副主管，御史中丞。

❹憲閣清嚴，俗塵罕到——形容薛存誠到了御史臺——憲閣，清廉嚴正，不容雜務侵入。

❺浩然有閑曠之思——浩然、我的解釋是「大大的」。我七十歲時，尚在國外為國家奮鬥，那年遇到好一些不如意事，於是「浩然有退休之意」。乃辭職返國。

❻捲簾疑客到，入戶似僧歸——這兩句詩充分表現了吟詩者「浩然有閑曠」之思。

五、麒麟客

麒麟客者，南陽張茂實家傭僕也。

茂實家於華山下。唐大中❶初，偶遊洛中，假僕于南市❷。得一人焉。其名曰王夐，年可四十餘。傭作之直月五百❸。勤幹無私，出於深誠。苟有可為，不待指使。茂實器之，易其名曰大曆。將倍其直❹，固辭，居五年，計酬直盡。

一日，辭茂實曰：「夐本居山，家業不薄。適與厄會，須傭作以禳之❺，固非無資而賣力者。今厄盡矣，請從此辭。」

茂實不測其言，不敢留，聽之去。

日暮，入白茂實曰：「感君恩宥，深欲奉報。夐家去此甚近。其中景趣，亦甚可觀，能相逐一遊乎？」

茂實喜曰：「何幸，然不欲家人知，潛一遊可乎？」

曰：「甚易。」於是截竹枝長數尺，其上書符。授茂實曰：「君杖此入室，稱腹痛。左右人悉令取藥。去後，潛置竹於衾中，抽身出來可也。」

茂實從之。

㚈喜曰：「君眞可遊吾居也。」

相與南行一里餘，有黃頭❻執青麒麟一，赤文虎二，候於道左。

茂實驚欲迴避。

㚈曰：「無苦，但前行。」

既到前，㚈乘麒麟，茂實與僕各乘一虎，茂實懼不敢近。曰：「㚈相隨。請不須畏。且此物人間之極俊者，但試乘之。」遂憑而上，穩不可言。

於是從之上仙掌峰。越壑凌山，舉意而過，殊不覺峻險。如到三更，計數百里矣。下一山。物衆鮮媚。松石可愛，樓臺宮觀，非世間所有。

將及門，引者揖曰：「阿郎何來？」

紫衣吏數百人，羅拜道側。既入，青衣數十人，容色皆殊，衣服鮮華，不可名狀，各執樂器引拜。遂於中堂宴食畢，且命茂實坐。

㚈入更衣。返坐，衣裳冠冕，儀貌堂堂然。實眞仙之風度也。其窗戶增闥、屏幃茵褥之盛，固非人世所有。歌鸞舞鳳，及諸聲樂，皆所未聞。情意高逸，不復思人寰之事。歡極。

主人曰：「此乃仙居，非世人所到。以君宿緣，合一到此，故有逃厄之遇。仙俗路殊，塵靜難雜。君宜歸修其心。三五劫後，當復相見。叟比者，塵緣將盡，上界有名，得遇太清真人，召入小有洞中，示以九天之樂，復令下指生死海波。且曰：『樂雖難求，苦亦易遣。如為山者，掬土增高，不掬則止，穿則陷。夫昇高者，不上難而下易乎？自是修習，經六七劫，乃證此身。迴視委骸，積如山岳。四大海水，半是吾父母妻子別泣之淚。然念念修之。倏已一世。形骸雖遠，此不忘修致，其功即亦非遠。亦時有心遠氣清，一言而悟者。勉之。』遺金百鎰，為營身之助。復乘麒麟，令黃頭執之。叟步送到家。家人方環泣。」

茂實投金於井中。叟抽去竹杖，令茂實潛臥衾中。

叟曰：「我當至蓬萊謁大仙伯。明旦蓮花峰上，有綵雲車去，我之乘也。」遂揖而去。

茂實忽呻吟。衆驚而問之。

茂實紿之曰：「初腹痛時，忽若有人見召，遂奄然耳，不知其多少時也。」

家人曰：「取藥既迴。呼之不應，已七日矣。唯心頭尚暖，故未斂也。」

明日望之，蓮花峯上，果有彩雲。

（茂實）遂棄官遊名山。後歸，出井中金與眷屬，再出遊山，後不知所在也。

校志

一、本文據《太平廣記》卷第五十三校錄，予以分段，並加註標點符號。

二、我們覺得，本文粗糙，不逮裴鉶之《傳奇》實多。可能輾轉傳抄之時，有脫文遺字之故。

註釋

❶大中——唐宣宗年號，共十三年。自西元八四七至八五九年。

❷假僕于南市——假、在此有「僱」的意思。本意是「借」。

❸傭作之直月五百——每月的傭作薪金五百錢。

❹將倍其直——要給傭人雙倍的薪水。

❺適與厄會，須傭作以禳之——禳、除也。因為厄運當頭，要用傭作來解除厄運。

❻黃頭——傭人。

六、李湘

盧從史以左僕射❶為澤潞節度使，坐與鎮州王承宗❷通謀，貶驩州，賜死於康州。寶曆❸元年，蒙州刺史李湘，去郡歸闕。自以海隅郡守，無臺閣之親❹，一旦造上國，若滄海泛扁舟者。聞端溪縣女巫者，知未來之事，維舟召焉。

巫曰：「某乃見鬼者也，見之皆可召。然鬼有二等，有福德者，精神俊爽。往往自與人言：貧賤者，氣劣神悴，假某以言事，盡在所遇。非某能知也？」

湘曰：「安得鬼而問之？」

曰：「廳前楸❺樹下，有一人衣紫佩金❻者，自稱澤潞盧僕射，可拜而請之。」

湘乃公服執簡，向樹而拜。

女巫曰：「僕射已答拜。」湘遂揖上階。

空中曰：「從史死於此廳，為弓弦所迫，今尚惡之。使君牀上弓，幸除去之。」

湘命去焉。時驛廳副階上，唯有一榻，湘偶忘其貴，將坐問之。

女巫曰：「僕射官高，何不延坐，乃將吏視之？僕射大怒，去矣。急隨拜謝，或肯卻來。」

湘匍匐下階，問其所向，一步一拜，凡數十步。

空中曰：「公之官，未敵吾軍一裨將，奈何對我而自坐？」湘再三辭謝。

巫曰：「僕射回矣。」於是拱揖而行，及階。

巫曰：「僕射上矣。」別置榻。設裀褥以延之。

巫曰：「坐矣。」湘乃坐。

空中曰：「使君何所問？」

對曰：「湘遠官歸朝，伏知僕射神通造化，識達未然。乞賜一言，示其榮悴。」

空中曰：「大有人接引，到城一月，當刺梧州❼。」

湘又問，不復言。湘因問曰：「僕射去人寰久矣，何不還生人中，而久處冥寞？」

曰：「吁！是何言哉？人世勞苦，萬愁纏心，盡如燈蛾。爭撲名利，愁勝而髮白，神敗而體羸。方寸之間，波瀾萬丈，相妒相賊，猛如豪獸。吾已免離，下視湯火，豈復低身而臥其間乎？且夫據其生死，明晦未殊。學仙成敗，則無所異。吾已得鍊形之術也。其術自無形而鍊成三尺之形，則上天入地，乘雲駕鶴，千變萬化，無不可也。吾之形所未圓者三寸耳。飛行自在，出幽入明，亦可也。萬乘之主不及吾，況平民乎？」湘曰：「鍊形之道，可得聞乎？」曰：「非使君所宜聞也。」湘復問梧州之後，終不言，乃去。湘至京，以奇貨求助，助者數人。未一月，拜梧州刺史。竟終於梧州，盧所以不復言其後事也歟？

校志

一、本文據四卷本、《太平廣記》卷三百四十六〈李湘〉與商務《舊小說》第四集《續玄怪錄》校錄，予以分段，並加註標點符號。《廣記》題名〈李湘〉。

二、盧從史，兩唐書均有傳。新書稱其「在澤潞，以姦獪得士心，又善附迎中人（皇帝派的太監監軍使）。……既得志，寖恣不道，奪部將妻，而能粉澤其非。……獻計誅王承宗，卻陰與承宗交。又高價將芻粟賣與度支。帝用裴垍謀，敕吐突承璀（大閹）謀之。承璀伏壯士幕下，縛納車中。」憲宗皇帝疏其罪惡，賜死。

註釋

❶左僕射——唐官制：尚書省長官為尚書令，其副為左右僕射。太宗皇帝曾為尚書令，其後無人敢居其位。僕射便是尚書省長官。「與侍中（門下省長官）、中書令（中書省長官）號為宰相。（新書卷四十六〈百官志〉。）」

❷鎮州王承宗——初，李寶臣為鎮冀節度使，卒後子惟岳承。王伍俊縊殺惟岳，受命為秘書監兼御史大夫，恆冀觀察使，貞元十七年死，年六十七。子士真襲位。士真元和初拜同中書門下平章事，四年死，子承宗為留後。初甚恭謹，及蔡州吳元濟反，承宗教其將為蔡州游說。見宰相語不遜，承宗派人賊殺宰相武元衡。從史陰與勾結，故賜死。

❸寶曆——敬宗年號。共二年。自西元八二五至八二六年。

❹無臺閣之親——李湘是蒙州刺使，歸朝任官，因在三省一臺之中沒有親朋好友，因而到端溪召巫者問吉凶。蒙州、端溪，俱在廣東。

❺楸——野桐樹。

❻衣紫佩金——唐制：三品以上官穿紫色朝服。「紅得發紫」，意謂升官了。三品、宰相的品階。「同中書門下三品」，便是宰相。

❼梧州——在今廣西。唐時，轄五縣。

七、李俊

岳州刺史李俊❶舉進士，連不中第。貞元❷二年，有故人國子祭酒包佶者❸，通於主司，援成之。榜前一日，當以名聞執政。

初五更，俊將候佶，里門未開，立馬門側。傍有賣糕者。其氣爞爞❹。有一吏若外郡之郵檄者❺，小囊氈帽，坐於其側，頗有欲糕之色。俊為買而食之，客甚喜。啗數片❻。俄而里門開。衆竟出。客獨附俊馬曰：「願請間❼。俊下聽之。」

曰：「某乃冥之吏送進士名者。君非其徒耶？」

俊曰：「然。」

曰：「送堂之榜在此，可自尋之。」因出視。俊無名，垂泣。曰：「苦心筆硯。二十餘年。偕計者亦十年❽。今復無名，豈終無成乎！」

曰：「君之成名，在十年之外，祿位甚盛。今欲求之，亦非難。但於本祿耗半，且多屯剝❾，纔獲一郡，如何。」

俊曰：「所求者名❿，名得足矣。」

客曰：「能行少賂於冥吏，即於此，取其同姓者易其名，可乎？」

俊問：「幾何可？」

曰：「陰錢三萬貫。某感恩而以誠告，其錢非某敢取，將遺牘吏。來日午時送可也。」復授筆，使俊自註。從上有故太子少師李夷簡名，俊欲指（明抄本作揩）之，客遽曰：「不可，此人祿重，未易動也。」又其下有李溫名，客曰：「可矣。」乃揩去溫字，註俊字，客遽卷而行，曰：「無違約。」

既而俊詣佶。佶未冠，聞俊來，怒出。曰：「吾與主司分深，一言狀頭可致。公何躁甚。頻見問？吾其輕語者耶！」

俊再拜。對曰：「俊懇於名者，若恩決此一朝。今當呈榜之晨，冒責奉謁。」佶唯唯，色猶不平。俊愈憂之。乃變服，伺佶出，隨之。經皇城東北隅，逢春官懷其榜，將赴中書。佶揖問曰：「前言遂否？」

春官曰：「誠知獲罪，負荊不足以謝，然迫於大權，難副高命。」

佶自以交分之深，意謂無阻，聞之怒曰：「季布所以名重天下者，能立然諾。今君移妄於某，蓋以某官閑也！平生交契，今日絕矣！」不揖而行。

春官遽追之曰：「迫於豪權，留之不得。竊恃深顧，外於形骸。見責如此。寧得罪於權右耳。請問尋榜。揩名填之。」

祭酒開榜，見李公夷簡欲揩。春官急曰：「此人宰相處分，不可去。」指其下李溫曰：「可矣。」遂揩去溫字，註俊字。及榜出，俊名果在已前所指處。

其日午時，隨衆參謝，不及赴糕客之約。迫暮將歸，道逢糕客，泣示之背曰：「為君所誤，得杖矣。牘吏將舉勘，某更他祈共止之。某背實有重杖者。」俊驚謝之，且曰：「當如何。」

客曰：「來日午時，送五萬緡，亦可無追勘之厄。」

俊曰：「諾。」及到時焚之，遂不復見。然俊筮仕之後。追勘貶降，不絕於道[11]。纔得岳州刺史，未幾而終。

校志

一、本文據《太平廣記》卷三百四十一、商務《舊小說》第四集《續玄怪錄》，及臨安書棚四卷本校錄，予以分段，並加註標點符號。

二、四卷本題名〈李岳州〉。

三、據登科記考：貞元二年，李夷簡、李俊均於是年登第，當年知貢舉者為禮部侍郎鮑防、國子祭酒包佶。鮑防，《舊唐書》卷一百四十六本傳載：「襄州人，幼孤貧，篤志好學，善屬文，天寶末舉進士。歷洪、福、京兆，皆有政聲。扈從奉天，除禮部侍郎，尋遷工部尚書致仕。」新書說他：「字子慎，貞元元年，策賢良方正，世美防知人。竇參為相，迫使致仕。」鮑防工於詩，與中書舍人謝良弼友善，時號「鮑謝」。（《唐才子傳》載：「與謝良為詩友。」）

四、第十三段：「李夷簡名，俊欲指之」，四卷本「指」作「揩」。以「揩」為是・抹去也。

註釋

❶岳州刺史李俊——岳州，南朝宋時置巴陵郡，隋、唐改為岳州。在今湖南省。

❷貞元——唐德宗年號，二十年。自西元七八五至八〇四年。

❸包佶——字幼正，潤州延陵人。父融，集賢院學士。累官諫議大夫。坐善元載，貶嶺南。劉晏奏起為兩稅使。遷刑部侍郎，改秘書監，封丹陽郡公。（新書卷一百四十九）《舊唐書》）〈德宗本紀〉載：「（貞元）二年春丁未，…國子祭酒包佶知禮部貢舉。」

❹爞爞——爞、音虫。爞爞、薰也。

❺若外郡之郵檄者——似乎是外郡送公文的小吏。

❻啗數片——啗、音淡。吃。

❼願請間——意謂：請等一下。

❽偕計者亦十年——意謂已經考了十次了！

❾所求者名——考取，即成名，李俊的意思是：寧願早十年成名，即考上進士。

❾本祿耗半，且多屯剝——（因此一來）註定的官祿大大的耗減了，而且經常屯滯不升官，一路走去，阻礙重重。

❿所求者名，名得足矣——我所求的，只是考取（成名），能成名就足夠了。

⓫筮仕之後，追勘貶降，不絕於道——筮仕，謂將仕而占其吉凶也。結果是進官、貶官、降職等事，時時發生。

八、張質

張質者，猗氏❶人，貞元❷中，明經授亳州臨渙尉❸。到任月餘，日暮，見數人執符來追，其僕亦持馬候於階下，乘馬隨之，出縣門。縣吏列坐門下，略無起者，質怒曰：「州司暫追，官不遽發，人吏敢無禮耶！」人亦不顧。出數十里，到一柏林，使者曰：「到此宜下馬。」遂步行，百餘步入城，直北有大府門，署曰北府，入府逕西有門，題曰推院，吏士甚衆。門人曰：「臨渙尉張質。」遂入。見一美鬚鬢衣緋人，據案而坐，責曰：「為官本合理人，因何曲推事，遣人枉死？」

質被捽搶地❹，呼曰：「質本任解褐得到官月餘，未嘗推事。」

又曰：「案牘分明，訴人不遠。府命追勘，仍敢欺言」取枷枷之。

質又曰：「訴人既近，請與相見。」

冤人來，有一老人眇目自西房出，疾視質曰：「此人年少，非推某者。」

乃敕錄庫檢❺猗氏張質，貞元十七年四月二十七日上臨渙尉。又檢訴狀被屈事。又牒陰道亳州❻，其年三月臨渙見任尉年名，如已受替，替人年名，並受上月日❼。得牒，其年三月，見任尉江陵張質，年五十一，貞元十一年四月十一日任，十七年四月二十一日受替。替人猗氏張質，年四十七，檢狀過。

判官曰：「名姓偶同，遂不審勘。（錯行文牒，追擾平人，聞於上司，豈斯容易？）本典決十下❽，改追正身。」

執符者復引而迴，若行高山，墜於岩下，如夢覺，乃在柏林中，伏於馬項上，兩裡背痛，不能自起❾，且不知何處。隱隱聞樵歌之聲，知其有人，遂大呼救命。

樵人來，驚曰：「縣失官人及馬此非耶？」競來問，質不能對。扶正其身，擁以送縣。質之馬為鬼所加，僕人不知。縣既失質，其宰惑之，且疑質之初臨嚴於吏，吏怨而殺之。是夜坐門者及門人當宿之吏，莫不禁錮，尋求不得者，已七日矣。質歸憩數日，方能言，然神識遂闕。

（元和❿六年，質尉彭城，李生者為之宰。訝其神蕩⓫，說奇以導之，質因具言也。）

校志

一、本文據四卷本、《太平廣記》卷三百八十與商務《舊小說》第四集《續玄怪錄》校錄，予以分段，並加註標點符號。

二、本文中括弧內字係四卷本有而廣記所無，因以補足。以使文氣更順。

註釋

❶猗氏——猗氏縣，在今山西安澤縣東南。

❷貞元——唐德宗年號，二十年，自西元七八五至八〇四年。

❸亳州臨渙尉——亳（音播）州，唐屬河南道，約在今之安徽。轄七縣。但無臨渙（見《新唐書》卷二十七〈地理志〉一）。縣尉，唐縣有縣令（縣長）、縣丞（副縣長）主簿（今主任秘書）、尉。尉、略為今之科長，或荐任科員。（唐道、州、縣制，參閱《文獻通考》卷六十一採訪處置使。）張質的魂魄經過縣衙大門，列坐門下的人吏，沒人向他敬禮，他罵：「上官暫時找我，你們怎可對我無禮，不起立？不致敬？」

❹質被捽搶地——張質被抓住頭髮推倒地上。
❺錄庫——應該是檔案存放處。
❻又牒陰道亳州——又牒詢陰間的亳州衙門。
❼替人年名，並受上月日——繼任人的年歲姓名，上任月日。
❽本典決十下——典、指典其事者。判決打十板。
❾兩肋皆痛，不能自起——《舊小說》作「雨裡背痛」。照明鈔本《廣記》，改正為「兩肋皆痛」。
❿元和六年——元和、唐獻宗年號。六年，西元八一一年，距貞元十七年——八〇一年已十年之久！
⓫神蕩——神魂不屬。

九、韋皋

韋皋❶初薄游劍外，西川節度使兵部尚書平章事張延賞❷，以女妻之，既而惡焉，厭薄之情日露。公鬱鬱不得志，時入幕府，與賓朋從游，且攄其忿❸。延賞愈惡之，謂皋曰：「幕僚無非時奇，延賞尚敬憚之，韋郎無事，不必數到。」其輕之如此。

他日，其妻尤憫之曰：「男兒固有四方志，今厭賤如此，不知歡然度日，奇哉！妾辭家事君子，荒陋一間茆屋，亦君之居；炊菽羹藜，簞食瓢飲，亦君之食。何必忍愧彊安，為有血氣者所笑❹。」

於是入告張行意，延賞遺帛五十疋。夫人薄之，不敢言。

時有女巫在焉，見皋入西院，問夫人曰：「向之綠衣入西院者為誰？」

曰：「韋郎。」

曰：「此人極貴，位過宰相遠矣。其祿將發，不久亦鎮此，宜殊待之。」

問其所以，曰：「貴人之所行，必有陰吏。相國之侍，一二十人耳，如韋郎者，乃百餘人。」

夫人聞之大喜，遽言於延賞，延賞怒曰：「贈薄請益可矣，奈何假託巫妖，以相調乎？」韋行月餘日。到岐❺，岐帥以西川之貴聟❻，延置幕中，奏大理評事。尋以鞫獄❼平允，加監察，以隴州刺史卒出知州事。而朱泚❽亂，駕幸奉天。隴州有泚舊卒五百人，兵馬使牛雲光主之。雲光謀作亂，不克，率其衆奔朱泚。道遇泚使，以偽詔除皐御史中丞，因與之俱還。皐受其命，謂雲光曰：「受命必無疑矣，可悉納器械，以明不相詐。」雲光從之。翌日大饗，伏甲盡殺之，立壇盟諸將。泚復許皐鳳翔節度，皐斬其使。行在聞之，人心皆奮，乃除隴州刺史奉義軍節度使。及駕還宮，乃授兵部尚書西川節度使。延賞聞之，將自抉其目❾，以懲不知人。

校志

一、本文據《太平廣記》卷三〇五與四卷本《續玄怪錄》校錄，予以分段，並加註標點符號。

二、四卷本題名為「韋令公皐」。

三、韋皐貞元朝名臣，唐人筆記多有記其軼事者。范攄《雲谿友議》〈苗夫人〉條記其事，特強調張延賞夫人苗太師晉卿之女，賞識韋郎於未發達之時。范攄並引郭泗濱詩為証。郭詩云：

宣父從周又適秦。昔賢多少出風塵？

當時甚訝張延賞，不識韋皋是貴人！

註釋

❶韋皐——字城武，京兆萬年人，貞元初，代張延賞為劍南西川節度使。他「治蜀二十一年，數出師，凡破吐蕃四十八萬，擒殺節度、都督、城主、籠官千五百，斬首五萬餘級，獲牛羊二十五萬。收器械六百三十萬。其功烈為西南劇。」官至檢校司徒中書令。南康郡王。六十一歲暴卒。贈太師。謚忠武。（《新唐書》卷一百五十八本傳）

❷張延賞——父張嘉貞，子張弘靖，三代宰相。夫人為太師苗晉卿之女。壻為韋皐。世稱唐有史以來，苗夫人最貴。父、舅、夫、子、壻，都曾歷宰相之職。

❸且攄其忿——攄、表白。

❹荒隅一間茆屋等七句——「哪怕住在荒野地方的一間茅屋中，也是您的家。吃野味淡飯，也是您的食物。何必忍辱強安，為有氣骨的男兒所譏笑！」菽、豆子、藜羹、指粗劣的食物。韋妻是說：「女人嫁雉隨雉。住茅屋，吃粗食，心甘情願，夫君何必寄人籬下受人譏笑？」

❺岐——唐鳳翔府，下轄岐山諸縣。

❻貴聟——聟、女婿。婿俗字。

❼鞫獄——審理刑事案件。

❽朱泚——《新唐書》卷二百二十五中〈逆臣傳〉中列名。其人外寬和，內忌刻。其父事安祿山史思明二賊。盧龍節度使朱希彩為下屬所殺，他和弟弟朱滔設計，眾乃擁泚為留後，旋真除盧隆節度使，封懷寧郡王。卒叛國稱帝。為李晟剿滅。

❾將自抉其目——挑而出之曰抉。

十、盧生

弘農❶令之女既笄，將適盧氏。卜吉之日，女巫有來者。

李氏之母問曰：「小女今夕適人。盧郎當來，巫素見其人，官祿厚薄？」

巫曰：「所言盧郎，非長鬚者乎？」

曰：「然。」

曰：「然則非夫人之子壻也。夫人之壻，中形而白，且無鬚也。」

夫人大驚曰：「吾女今夕適人，得乎？」

巫曰：「得。」

夫人曰：「既得適人，又何以云非盧郎乎？」

曰：「不知其由。然盧終非夫人子壻之貌。」

俄而，盧納采❷，夫人怒巫而示之。巫曰：「事在今夕，安敢妄言乎！即盧納采，其身非夫人之壻也。」其家大怒，共唾而逐之❸。

及夕，盧乘軒車❹來，展親迎之禮。賓主禮具。解佩約花，盧忽驚奔出，乘馬而遁，衆賓追之不返。主人素負氣，不勝其憤；且恃其女之容也；邀客皆坐，呼女出拜。其貌之麗，天然無敵。指之曰：「此女豈驚人乎？今若不出，人以為獸形也。」衆人莫不嗟歎。主人曰：「此女已奉見，衆賓客中有能聘者，願赴今夕。」時，鄭駒為盧之儐在坐，起拜曰：「願事門館。」於是，奉書擇相，登車成禮。巫言之貌宛然，乃知巫言有徵也。

後數年，鄭仕於京，逢盧，問其走狀。盧曰：「兩眼赤，且大如盞，牙長數寸，出口之角，得無驚奔乎！」鄭素與盧相善，驟出其妻以示之，盧大慚而退。乃知，結褵❺之親，事固前定，不可苟求。

校志

一、《廣記》卷一百五十九載此文，題名「盧生」。四卷本稱「鄭虢州騊夫人」。我們根據兩書校錄，予以分段，並加註標點符號。

二、本篇中，但云：「鄭仕於京」，並未提「虢州」字樣。故標題以省去「虢州」二字為是。

三、第一段「適盧氏」，《廣記》作「適盧生」。

本文未提主人姓、字。但云「李氏之母。」則主人姓李，鄭駒夫人為李氏女也。

四、第二段：李氏之母問曰：「盧郎當來，巫素見其人，官錄厚薄？」《廣記》作「盧郎常來。」若「常來」，他難道從沒見過李家小姐？而說女「兩眼赤，且大如盞，牙長數寸，出口之角。」故以「當來」為是。表示他並沒常來，沒見過李家小姐。

註釋

❶弘農令之女既笄——《新唐書》卷三十八〈地理志〉二：虢州弘農郡。所治弘農等六縣。弘農屬緊縣。《通典》唐縣分七等：赤（即京）、畿、望、緊、上、中、下、弘農是緊縣。弘農令姓甚名誰，文中未交代——真怪。既笄、女子十五歲把頭髮用笄安起來。及笄，及許嫁之年。既笄，當然要出嫁了。

❷納采——古婚禮之第一事。就是行聘。

❸唾而逐之——吐口水把女巫趕走。

❹軒車——高車。大車。

❺結褵——結婚。什麼是褵（縭），眾說紛紜，總之，今日已沒有這種東西了。

十一、薛偉

薛偉者，乾元❶元年任蜀州青城縣主簿❷，與丞❸鄒滂、尉雷濟、裴寮同時。

其秋，偉病七日，忽奄然若往❹者，連呼不應，而心頭微暖，家人不忍即殮，環而伺之。經二十日，忽長吁起坐，謂其家人曰：「吾不知人間幾日矣？」

曰：「二十日矣。」

曰：「即與我覷群官，方食鱠否？言吾已蘇矣。甚有奇事，請諸公罷筯來聽也❺。」僕人走視群官，實欲食鱠，遂以告。皆停餐而來。

偉曰：「諸公敕司戶❻僕張弼求魚乎？」

曰：「然。」

又問弼曰：「漁人趙幹藏巨鯉，以小者應命。汝於葦間得藏者，攜之而來。方入縣也，司戶吏坐門東，糺曹吏坐門西，方弈棋。入及階，鄒雷方博，裴啗桃實。弼言幹之藏巨魚也，裴乃令鞭之。既付食工王士良者喜而殺乎？」遞相問，誠然。

衆曰：「子何以知之？」

曰：「向殺之鯉，我也。」

衆駭曰：「願聞其說。」

曰：「吾初疾困，為熱所逼，殆不可堪。忽悶，忘其疾，惡熱求涼，策杖而去，不知其夢也。既出郭，其心欣欣然，若籠禽檻獸之得逸，莫我如也❼。漸入山，山行益悶，遂下遊於江畔。見江潭深淨，秋色可愛；輕漣不動，鏡涵遠虛❽。忽有思浴意。遂脫衣於岸，跳身便入。自幼狎水，成人已來，絕不復戲，遇此縱適，實契宿心❾。且曰：『人浮不如魚快也，安得攝魚而健游乎❿？』」

旁有一魚曰：「願足下不願耳。正授亦易，何況求攝⓫當為足下圖之。」決然而去。未頃，有魚頭人長數尺，騎鯢⓬來，導從數十魚，宣河伯詔⓭曰：「城居水遊，浮沉異道，苟非其好，則昧通波⓮。薛主簿意尚浮深，跡思閑曠⓯。樂浩汗之域，放懷清江⓰；厭巘崿之情，投簪幻世⓱。暫從鱗化，非遽成身。可權充東潭赤鯉。嗚呼！恃長波而傾舟，得罪於晦；昧纖鉤而貪餌，見傷於明。無或失身，以羞其黨。爾其勉之！」聽而自顧，即已魚服矣⓲。於是放身而遊，意往斯到。波上潭底，莫不從容。三江五湖，騰躍將遍。然配留東潭，每暮必復。俄而飢甚，求食不得，循舟而行，忽見趙幹垂釣，其餌芳香，心亦知戒，不覺近口。曰：

「我人也，暫時為魚，不能求食，乃吞其鉤乎。」捨之而去。

有頃，饑益甚。思曰：「我是官人，戲而魚服。縱吞其鉤，趙幹豈殺我？固當送我歸縣耳。」遂吞之。趙幹收綸[19]以出。幹手之將及也，偉連呼之。幹不聽，而以繩貫我腮，乃繫於葦間。

既而張弼來曰：「裴少府買魚，須大者。」

幹曰：「未得大魚，有小者十餘斤。」

弼曰：「奉命取大魚，安用小者，」乃自於葦間尋得偉而提之。

又謂弼曰：「我是汝縣主簿，化形為魚游江，何得不拜我？」弼不聽，提之而行，罵之不已，弼終不顧。入縣門，見縣吏坐者弈碁，皆大聲呼之，略無應者。唯笑曰：「可畏魚！直三四斤餘。」既而入階，鄒雷方博，裴啗桃實，皆喜魚大，促命付廚。弼言幹之藏巨魚，以小者應命。裴怒鞭之。我叫諸公曰：「我是汝同官，今而見殺，竟不相捨，促殺之，仁乎哉？」大叫而泣。三君不顧，而付鱠手。

王士良者，方礪刃，喜而投我於几上。我又叫曰：「王士良，汝是我之常使鱠手也，因何殺我？何不執我，白於官人？」士良若不聞者。按吾頸於砧上而斬之。波頭適落，此亦醒悟，遂奉召爾。

諸公莫不大驚，心生愛忍。然趙幹之獲，張弼之提，縣吏之弈，三君之臨階，王士良之將殺，皆見其口動，實無聞焉。於是三君並投鱠，終身不食。偉自此平愈，後累遷華陽丞。乃卒。

校志

本文據《太平廣記》卷四百七十一與世界《唐人傳奇小說》下卷《續玄怪錄》校錄，予以分段，並加註標點符號。

註釋

❶乾元——唐肅宗年號，共二年。西元七五八至七五九年。

❷主簿——略等於今日縣長、副縣長下之主任秘書。

❸丞——略等於今日之副縣長。尉、按唐時縣令之下為丞。依次為主簿、尉。

❹奄然若往者——奄奄一息，似已往生之人。往、死。《左傳》僖九年：「送往事居。」

❺請諸公罷筯來聽——請他們停下筷子來聽我說。

❻司戶——《歷代職官表》卷五十四：「諸州上縣，令一人。（從六品上）丞一人（從八品下）、主簿一人（正九品下）、錄事二人、司戶、司法、倉督二人。」

❼若籠禽檻受之得逸，莫我如也——好似籠中的鳥、檻中的獸得機會逃出來。也沒有我這樣自由自在。

❽輕漣不動，鏡涵遠虛——風行水成紋曰漣。意謂水波不興，水平如鏡，藍天青山，倒影其中。

❾遇此縱適，實契於心——遇到這種放縱適意之事，實在契合我的心意。

❿安得攝魚而健游乎——如何可以暫代魚的位子暢暢快快游水呢？官府中，譬如縣丞代理縣令的職務，叫「攝」。

⓫正授亦易，何況求攝？——便是授官，也很容易。何況暫攝？

⓬鯇——身長一公尺二的兩棲魚。通常捕食青蛙等為食物。

⓭河伯詔——唐時傳奇，雖屬短篇小說一類文字。但為便於作行卷投獻當道，一文中，常包含敘事、詩文和議論三部分。詔；即是「文」的部分。

⓮城居四句——在岸上居住和在水中游水，浮沈異道。若不是有游水的嗜好，便不懂得水路交通之趣。

⓯意尚浮深，跡思閑曠——意思喜歡浮游潛泳、達到清閑自在。

⓰樂浩汗之域放懷清江——喜歡深厚廣大的空間，任情縱意於清澈的江水之中。

⓱厭巘崿之情，投簪幻世——投簪、謂去官。厭倦了山居之情，想去官遁世。

⓲聽而自顧，即已魚服矣——一面聽，一面自己看自己，（不知不覺之間，）身上已穿上了魚的衣服了。

⓳綸——釣魚線。

十二、劉貫詞

唐洛陽劉貫詞，大曆❶中求丐於蘇州，逢蔡霞秀才者，精彩俊爽。一相見，意頗殷勤，以兄呼貫詞。既而携羊酒來宴。酒闌曰：「兄今汎游江湖間，何為乎？」曰：「求丐耳❷。」

霞曰：「有所抵耶❸，汎行郡國耶。」

曰：「蓬行❹耳。」

霞曰：「然則幾獲而止。」

曰：「十萬。」

霞曰：「蓬行而望十萬，乃無翼而思飛者也❺。設令必得，亦廢數年。霞居洛中，左右亦不貧，以他故避地，音問久絕。意有所懇祈兄為回。途中之費，蓬遊之望，不擲日月而得。如何。」

曰：「固所願耳。」

霞於是遺錢十萬，授書一緘，白曰：「逆旅中遽蒙周念，既無形迹，輒露心誠。霞家長鱗蟲，宅渭橋下，合眼叩橋柱，當有應者，必邀入宅。娘奉見時，必請與霞少妹相見。既為兄弟。情不合疎。書中亦令渠出拜。渠雖年幼，性頗慧聰，使渠助為主人，百繒之贈，渠當必諾。」

貫詞遂歸。到渭橋下，一潭泓澄❻，何計自達。久之以為龍神不當我欺，試合眼叩之。忽有一人應，因視之，則失橋及潭矣。有朱門甲第，樓閣參差。有紫衣使拱立於前，而問其意。

貫詞曰：「來自吳郡❼，郎君有書。」

問者執書以入。頃而復出，曰：「太夫人奉屈。」遂入廳中。見太夫人者年四十餘。衣服皆紫。容貌可愛。貫詞拜之，太夫人答拜。且謝曰：「兒子遠遊，久絕音耗，勞君惠顧，數千里達書。渠少失意上官，其恨未減。一從遁去，三歲寂然。非君特來，愁緒猶積。」言訖命坐。

貫詞曰：「郎君約為兄弟，小妹子即貫詞妹也，亦當結見。」

夫人曰：「兒子書中亦言。渠略梳頭，即出奉見。」

俄有青衣曰：「小孃子來。」年可十五六，容色絕代，辨慧過人。既拜，坐於母下。遂命具饌，亦甚精潔。方對食，太夫人忽眼赤，直視貫詞。

女急曰：「哥哥憑來，宜且禮待。況令消患，不可動搖。」因曰：「書中以兄處分，令以百緡奉贈。既難獨舉，須使輕齎❽。今奉一器，其價相當。可乎。」

貫詞曰：「已為兄弟，寄一書札，豈宜受其賜。」

太夫人曰：「郎君貧遊，兒子備述。今副其請，不可推辭。」貫詞謝之。因命取鎮國椀來。又進食。未幾，太夫人復瞪視眼赤。口兩角涎下。

女急掩其口曰：「哥哥深誠託人，不宜如此。」乃曰：「娘年高，風疾發動，祇對不得。兄宜且出。」

女若懼者。遣青衣持椀。自隨而授貫詞曰：「此罽賓國椀。其國以鎮災厲。唐人得之，固無所用。得錢十萬，可貨之。其下勿鬻。某緣娘疾，須侍左右，不遂從容。」再拜而入。

貫詞持椀而行。數步回顧，碧潭危橋，宛似初到。視手中器。乃一黃色銅椀也。其價只三五鐶耳。大以為龍妹之妄也。執鬻於市。有酬七百八百者。亦酬五百者。念龍神貴信，不當欺人。日日持行於市。及歲餘。西市店忽有胡客來，視之大喜，問其價。貫詞曰：「二百緡。」

客曰：「物宜所直，何止二百緡。且非中國之寶。有之何益。百緡可乎？」

貫詞以初約只爾，不復廣求，遂許之交受。

客曰：「此乃罽賓國鎮國椀也。在其國，大禳人患厄。此椀失來。其國大荒，兵戈亂起。吾聞為龍子所竊，已近四年，其君方以國中半年之賦召贖。君何以致之。」

貫詞具告其實。

客曰：「罽賓守龍上訴，當追尋次，此霞所以避地也。陰冥吏嚴，不得陳首，藉君為由送之耳。殷勤見妹者，非固親也。慮老龍之饞。或欲相啗。以其妹衛君耳。此椀既出。渠亦當來，亦消患之道也。五十日後，漕洛波騰。瀺灂晦日。是霞歸之候也。」

曰：「何以五十日然後歸？」

客曰：「吾携過嶺，方敢來復。」

貫記之，及期往視，誠然矣。

校志

本文據《太平廣記》卷四百二十一及商務《舊小說》第四集《續玄怪錄》校錄。四卷本題名《蘇州客》。我們予以分段、並加註標點符號。

註釋

❶大曆——唐代宗年號。

❷求丐耳——有如今日之說：「混飯吃。」

❸有所抵耶？——有要去的地方嗎？

❹蓬行——像蓬隨風飄，飄到那裡，是那裡。即無目的地。隨遇而安。

❺無翼而思飛者也——沒有翅膀想飛。意思是：「不可能。」

❻一潭泓澄——泓、水既深且廣。澄、清澈。

❼吳郡——即蘇州。

❽賫——音濟。付也。

十三、張庚

張庚舉進士❶，元和十三年❷，居長安昇道里南街。十一月八日夜，僕夫他宿。獨庚在月下。忽聞異香滿院，方驚之，俄聞履聲漸近。庚屣履聽之❸。數青衣，年十八九，豔美無敵，推門而入。曰：「步月逐勝❹，何必樂遊原❺？只此院小臺藤架可矣。」遂引少女七八人，容色皆艷絕，服飾華麗，宛若豪貴家人。

庚走避堂中，垂望之。諸女徐行，直詣藤下。須臾，陳設牀榻，雕盤玉樽盃杓，皆奇物。八人環坐，青衣執樂者十人。執拍板立者二人，左右侍立者十人。絲管方動，坐上一人曰：「不告主人，遂欲張樂，得無慢乎。既是衣冠，邀來同歡可也。」因命一青衣傳語曰：「娣妹步月，偶入貴院。酒食絲竹，輒以自樂，秀才能暫出為主否？夜深，計已脫冠，紗巾而來。可稱疏野。」

庚聞青衣受命，畏其來也，乃閉門拒之。

青衣扣門，庾不應。推不可開，遽走復命。一女曰：「吾輩同歡，人不敢預。既入其門，不召亦合來謁。閉門塞戶，羞見吾徒，呼既不來，何須更召？」

於是一人執樽。一人糾司。酒既巡行，絲竹合奏。殽饌芳珍，音曲清亮。庾度此坊南街，盡是墟墓，絕無人住。謂從坊中來，則坊門已閉。若非妖狐，乃是鬼物。今吾尚未惑，可以逐之。少頃見迷，何能自悟？於是潛取搘牀石❻。徐開門突出，望席而擊，正中臺盤。紛然而散，庾逐之，奪得一盞，以衣繫之。及明視之，乃一白角盞，奇不可名。院中香氣，數日不歇。盞鏁於櫃中。親朋來者，莫不傳視，竟不能辨其所自。後十餘日，轉觀數次，忽墮地，遂不復見。

庾明年，進士上第。

校志

本文據《太平廣記》卷三百四十五校錄，予以分段，並加註標點符號。

註釋

❶舉進士——挑選出為進士，可參加禮部的進士科考試。考取了，叫前進士。再經過吏部試若考取，便可作官了。

❷元和十三年——唐憲宗年號。共十五年。十三年，當西元八一八年。

❸屣履——曳履而行。我們認為：此地屣履，是把「履」拿起來不穿，赤腳，以免發出聲響。《詩。唐・山有樞》「子有衣裳，勿曳勿婁。」意謂「你有衣裳，不穿不服。」

❹步月逐勝——到勝地賞月。

❺樂遊原——在長安南。「居京城之最高，四望寬敞。城內瞭如指掌。」（《長安志》）

❻揸牀石——揸、支持。

十四、房玄齡

房玄齡、杜如晦❶微時，嘗自周偕之秦，宿敷水店❷。適有酒肉，夜深對食。忽見兩黑毛手出於燈下，若有所請，乃各以一炙置手中❸。

有頃，復出若掬❹，又各斟酒與之，遂不復見。

食訖，背燈就寢。

至二更，聞街中有連呼王文昂者，忽聞一人應於燈下。

呼者乃曰：「正東二十里，村人有筵神者，酒食甚豐，汝能去否？」

對曰：「吾已醉飽於酒肉，有公事，去不得。勞君相召。」

呼者曰：「汝終日飢困，何有酒肉？本非吏人，安得公事？何妄語也。」

對曰：「被界吏差直二相。蒙賜酒肉，故不得去。若常時聞命，即子行吾走矣。」

呼者謝而去。

校志

一、本文據《太平廣記》卷三百二十七、宋臨安書棚本《續玄怪錄》及商務《舊小說》第四集《續玄怪錄》校錄。予以分段，並加註標點符號。

二、四卷本標題是〈房杜二相國〉。文末尚有「二公共喜識之，同遊鳳城，詔為名相焉。」十五字。

註釋

❶房玄齡、杜如晦——唐太宗時名宰相。兩人輔佐太宗，成就「路不逑遺、夜不閉戶」的貞觀之治。

❷自周偕之秦——周、陝西省岐山縣。秦、陝西省興平縣之地。相偕而行。敷水——地名。

❸各以一炙置手中——各拿一份炙肉放到黑手中。

❹掬——兩手承取也。

❺被界吏差直二相——界吏、傳奇中常見到。隱約是土地神手下的小吏。

十五、錢方義

殿中侍御史❶錢方義，故華州刺史禮部尚書潋之子。寶曆❷初，獨居常樂第。夜如廁，僮僕從者，忽見蓬頭青衣，數尺來逼。方義初懼，欲走。又以鬼神之來，走亦何益？乃強謂曰：「君非郭登❸耶？」

曰：「然。」

曰：「與君殊路，何必相見？常聞人若見君，莫不致死，豈方義命當死而見耶？方義家居華州❹，女兄衣佛者❺亦在此。一旦溘死❻君手，命不敢惜，顧人弟之情不足，能相容面辭乎？」

蓬頭者復曰：「登非害人，出亦有限。人之見者，正氣不勝，自致夭橫，非登殺之。然有心曲❼，欲以託人，以此，久不敢出。惟貴人福祿無疆，正氣充溢，見亦無患，故敢出相求耳。」

方義曰：「何求？」

對曰：「登久任此職，積效當遷，但以福薄，須得人助。貴人能為寫金字金剛經一卷，一心表白，迴付與登，即登之職，遂乃小轉。必有厚報，不敢虛言。」

方義曰：「諾。」

蓬頭者又曰：「登以陰氣侵陽，貴人雖福力正强，不成疾病，亦當有少不安。宜急服生犀角、生玳瑁，麝香塞鼻，則無苦。」

方義至中堂，悶絕欲倒，遽服麝香等並塞鼻。則無苦。父門人王直方❽者，居同里，久於江嶺從事，飛書求得生犀角，又服之，良久方定。

明日，選經工，令寫金字金剛經三卷。令早畢功。功畢飯僧❾、迴付郭登。

後月餘，歸同州❿別墅。下馬方憩，丈人有姓裴者，家寄郭渚，別已十年，忽自門入逕至方義階下。方義遽拜之。

丈人曰：「有客，且出門。」方義從之。及門失之矣。見一紫袍牙笏，導從緋紫吏數十人，俟於門外，俛視其貌，乃郭登也。

（登）斂笏前拜曰：「敝職當遷，只消金剛經一卷，貴人仁念，特致三卷。今功德極多，超轉數等⓫，職位崇重，爵位貴豪，無非貴人之力。雖職已驟遷，其廚仍舊⓬。頃者當任，實如鮑肆⓭之人。今既別司，復求就食，方知前苦，殆不可堪。貴人亮察，更為轉金剛經七遍，即改廚矣。終身銘德，何時敢忘？」

方義曰：「諾。」因問「丈人安在？」曰：「賢丈江夏寢疾，今夕方困，神道求人，非其親尊，不可自己，適詣先歸耳。」

又曰：「廁神每月六日例當出巡，此日人逢，必致災難。人見即死，見人即病。前者八座⓮抱疾六旬，蓋言登巡畢將歸，暫見半面耳。親戚之中，遞宜相戒避之也。」

又曰：「幽冥吏人，薄福者衆，無所得食，率常受餓。必能食推食，泛祭一切鬼神，此心不忘，咸見斯衆暗中陳力，必救災厄。」

方義曰：「晦明路殊，偶得相遇。每一奉見，數日不平。意欲所言，幸於夢寐。轉經之請，天曙為期。」應唯而去。

及明，因召行敬僧唸金剛經四十九遍。及明祝付與郭登。

功畢，夢曰：「本請一七，數又六之，累計其功，食天廚矣。貴人有難，當先奉白。不爾，不來黷也。泛祭之請，記無忘焉。」

校志

一、本文據《太平廣記》卷第三百四十六校錄、分段、並加註標點符號。

二、本文主角為錢徽之子。按《新唐書》卷一百七十七載：徽、錢起之子。中進士第，由左補闕、祠部員外郎為翰林學生，三遷中書舍人，加承旨。出任虢州刺史。遷禮部侍郎。文宗立，拜尚書左丞，出刺華州，後以吏部尚書致仕，卒年七十五，贈尚書右僕射。子可復、方義。方義終太子賓客。本文稱徽為禮部尚書，似係「吏部尚書」之誤。

註釋

❶殿中侍御史——唐御史台，主官為御史大夫，下轄三院：臺院、殿院、與察院。殿中侍御史官階從七品下，屬殿院。

❷寶曆——唐敬宗年號，僅二年。西元八二五至八二六年。

❸郭登——傳說中管廁所之神。

❹華州——今陝西省華縣。

❺衣佛者——皈依佛者。衣、依也。

❻溘死——突然死亡。

❼心曲——心之委屈。

❽王直方——史傳無名，不知何許人。

❾飯僧——以食飼人曰飯。飯僧，請和尚們吃飯。

❿同州——西魏置同州。《元和志》稱：漆、沮、灃諸水至此同流入渭河，故曰同州。歷代仍之。轄華州等地。

⓫超轉數等——轉、轉任。超轉數等，越級轉官。例如：科員升任副司長。

⓬其廚仍舊——雖然升了官，卻仍吃原來的伙食。我國三軍，空勤伙食、海軍伙食與普通伙食，大有差別。

⓭鮑肆——鮑魚之肆，氣味甚臭。

⓮八座——唐以左右僕射和六部尚書為八座。

十六、張逢

南陽張逢，元和❶末，薄遊嶺表❷行次福州福唐縣橫山店。時初霽，日將暮，山色鮮媚，煙嵐靄然❸。策杖尋勝。不覺極遠。

忽有一段細草，縱橫廣百餘步，碧鮮可愛。其旁有一小林❹，遂脫衣掛林，以杖倚之，投身草上，左右翻轉。既而酣甚，若獸蹍然❺，意足而起，其身已成虎也，文彩爛然。自視其爪牙之利，臂髆之力❻，天下無敵。

遂騰躍而起，越山超壑，其疾如電。夜久頗飢，因傍村落徐行，犬彘駒犢之輩，悉無可取。意中恍惚，自謂當得福州鄭錄事。乃傍道潛伏。

未幾，有人自南行，若候吏迎鄭糺❼者。見有人問曰：「福州鄭錄事名璠，計程宿前店，見說何時發來？」

人曰：「吾之出掌人也，聞其飾裝，到亦非久。」

候吏曰：「只一人來，且復有同行者？吾當迎拜，時慮其誤也。」

曰：「三人之中，慘綠者是。」

其時逢方伺之，而彼詳問，若為逢而問者。逢既知之。攢身以俟❽。

俄而鄭糾到，導從甚衆，衣慘綠，甚肥，巍巍❾而來。適到逢前，遂跳銜之，走而上山。時天未曉，人莫敢逐，得恣食之❿，殘其腸髮耳。

行於山林，單然無侶，乃忽思曰：「我本人也，何樂為虎，自囚於深山，盍求初化之地而復耶。」乃步步尋之。日暮，方到其所，衣服猶掛，杖亦倚林，碧草依然，翻復轉身於其上，意足而起，即復人形矣。於是衣衣策杖而歸；昨往今來，一復時矣⓫。

初，其僕夫驚其失逢也，訪之於鄰，或云，策杖登山，多歧尋之⓬，杳無行處。及其來也，驚喜問其故。逢紿⓭之曰：「偶尋山泉，到一山院，共談釋教，不覺移時。」

掌人曰：「今旦側近有虎，食福州鄭錄事，求餘不得；山林故多猛獸，不易獨行。郎之未迴，憂負亦極；且喜平安無他。」逢遂行。

元和六年，旅次淮陽，舍於公館。館吏宴客，坐客有為令者，曰：「巡若到，各言己之奇事，事不奇者，罰。」

巡到逢，逢言橫山之事。末坐有進士鄭遐者，乃鄭糾之子也。怒目而起，持刀將煞逢，言復父讎。衆共隔之，遐怒不已，遂白郡將。於是送遐淮南，勅津吏勿復渡。逢西邁，具改姓名，以避遐。

議曰：「聞父之讎，不可以不報。然此讎非故煞。必使煞逢，遐亦當坐。」遂遁去而不復其讎也。

校志

一、本文據《太平廣記》卷四百二十九、四卷本《續玄怪錄》及商務《舊小說》卷四《續玄怪錄》諸書校錄，予以分段，並加註標點符號。

二、本文「元和末」，張逢化虎吃了鄭璠。「元和六年」，張逢和鄭璠的兒子鄭遐見面，鄭遐要報殺父之仇，元和共十五年，張逢末年，即十五年，才殺了鄭錄事，如何九年前他已經碰到鄭遐，而且鄭遐要為九年後的事報仇？我們認為：開頭「元和末」，應該是「貞元末」之誤。貞元末到元和六年，已經過了六七年。這樣時間上的安排才合情理。《廣記》作「貞元末」，當係原文。

三、第九段「遂跐銜之」。《廣記》無「跐」字。跐、躡也，蹈也。

註釋

❶元和末——元和、唐憲宗年號，共十五年。自西元八〇六至八二〇年。

❷薄遊嶺表——小遊嶺南。

❸山色鮮媚，煙嵐藹然——雨後山色，清新嫵媚。煙嵐和藹可親。

❹其旁有一小林——應是「一小樹」，所以，張逢把衣服脫下，掛在樹上。

❺既而酣甚，若獸踶然——因為在草地上翻滾，喜歡得不得了，好似野獸一樣跳躍遊戲。酣、作一件事作到極致之意。如：酒酣。戰酣。

❻臂膞之力——《廣記》作「胸膞之力」。

❼鄭糺——錄事是查糾善惡的文官，人民好以「糺」稱之。鄭糾、即鄭錄事。

❽攢身以俟——有「蓄勢待發」的意思。攢身，把身子縮起來。

❾巍巍——高大貌。

❿得恣食之——恣、恣意。任意。恣縱。

⓫一復時矣——一個對時，即一天了。

⓬多岐尋之——四出尋找。

⓭紿之曰——騙他們說……。

十七、驢言

長安張高者，轉貨於市❶，累資巨萬。有一驢，畜之久矣。元和十二年❷秋八月，高死十三日，妻命其子和乘往近郊，營飯僧之具❸。出里門，驢不復行，擊之即臥，乘而鞭之，驢忽顧和曰：「汝何擊我？」

和曰：「我家用錢二萬以致汝，汝不行，安得不擊也。」然甚驚。

驢又曰：「錢二萬不說，父騎我二十餘年，吾今告汝：人道獸道之倚伏，若車輪然❹，未始有定。吾前生負汝父力，故為驢酬之。無何，汝飼吾豐，昨夜汝父就吾算：侵汝錢一緡半耳❺。汝父常騎我，我固不辭；吾不負汝，汝不當騎我。汝強騎我，我亦騎汝。汝我交騎，何劫能止？以吾之肌膚，不啻值二萬錢也。只負汝一緡半，出門貨之，人酬爾。然而無的取者，以他人不負吾錢也。麩行王胡子負吾二緡，吾不負其力，取其緡半還汝，半緡充口糧，以終驢限耳。」

和牽歸，以告其母。母泣曰：「郎騎汝多年，固甚勞苦。緡半錢何足惜，將捨債豐秣而長生乎？」驢攊首。又曰：「賣而取錢乎？」乃點頭。欲遽令貨之❻。人酬不過緡半，且無必取者。牽入西市麩行❼，逢一人，長而胡者，乃與緡半易。問之，其姓曰王。自是，連雨數日乃晴，和覘之，驢已死矣。王竟不得騎，又不負力之驗也。

和東鄰有金吾郎將張達妻，李之出也❽，余嘗造焉❾。云見驢言之夕，遂聞其事。且以戒欺暗者，故備書之。

校志

一、本文據《廣記》卷四百三十六、與四卷本第二十篇校錄，予以分段，並加註標點符號。

二、《廣記》題名「張高」，四卷本題名〈驢言〉。

註釋

❶長安張高者，轉貨於市——長安張高，操買賣業。即商人。

❷元和十二年——元和、唐憲宗年號，共十五年。十二年、當西元八一八年。

❸營飯僧之具——備辦人死後作佛事招待作佛事的和尚們吃飯的一應物事。

❹人道獸道之倚伏，若車輪然——倚伏、相因也。《老子》：「禍兮福所倚，福兮禍所伏。」禍福循環，有如車輪。

❺一緡半耳——一千五百錢。一緡為一千。

❻遽令貨之——立刻命賣掉。

❼麩行——麩、麥的皮屑。通常用來餵牲口。行、行號，店。

❽金吾郎將張達妻，李之出也——唐置左右僕金吾衛。郎將張達之妻，出自李氏。

❾造——造訪。

十八、蔡榮

中牟[1]縣三異鄉木工蔡榮，自幼信神祇[2]。每食必分置於地，潛祝土地，至長未嘗暫忘也。

元和二年[3]春，臥疾六七日，方暮。有武吏走來，謂蔡母曰：「蔡榮衣服器用速藏之，勿使人見，乃速為婦人服飾。有來問者，必紿之曰：『出矣。』求其處，則亦意對，勿令知所對也。」言訖走去。

妻母從其言。才畢，有將軍乘馬，從十餘人，執弓矢，直入堂中，呼蔡榮。

蔡母驚惶曰：「不在。」

曰：「何往？」

對曰：「榮醉歸，怠於其業，老婦怒而笞之，榮或潛去，不知何在也。十餘日矣！」

將軍遣吏入搜，搜者出曰：「房中無丈夫，亦無器物。」

將軍連呼地界，教藏者出曰：「諾。」

責曰：「蔡榮出行，豈不知處？」

對曰：「怒而私出，不告所由。」

將軍曰：「王後殿傾，須此巧匠，期限向盡，何人堪替？」

對曰：「梁城縣葉幹者，巧於蔡榮，計其年限，正當追没。」

將軍走馬而去。

有頃，教藏者復來。曰：「某地界❹所由也，以蔡榮每食必相召。故報恩耳。」遂去。

母視榮，即汗洽矣。自此疾瘉。

俄聞梁城鄉葉幹者暴卒，幹妻乃榮母之猶子❺也，審其死時，正當榮胝睢胝❻之時。

有李復者，從母夫楊曙，為中弁團戶於三異鄉，偏聞其事。就召榮母問之，回以相告，其泛祭之見德者，豈其然乎？

校志

本文據《太平廣記》卷第三百八校錄，予以分段，並加註標點符號。

註釋

❶中牟——在今河南鄭縣東。

❷信神祇——相信天神與地神也。「天神曰神。地神曰祇。」(《周禮》)。

❸元和二年——唐憲宗元和二年,西元八〇七年。

❹地界——應該是指當地土地神。

❺猶子——姪。姪女。

❻服雌服——穿女人的衣服。

十九、梁革

金吾騎曹❶梁革得和扁之術❷。太和❸初，為宛陵巡官❹。按察使❺于敖有青衣曰蓮子，念之甚厚。一旦以笑語獲罪，斥出貨焉❻。市吏定值曰七百緡❼。從事御史崔某者聞而召焉。請革評其脈❽。革診其臂曰：「二十春無疾之人也。」崔喜留之，送其直於敖❾。敖以常深念也。一怒而逐之，售於不識者斯已矣。聞崔寵之，不悅。形於顏色。然已去之，難復召矣，常貯於懷❿。

未一年，蓮子暴死。革方有外郵之事⓫，迴見城門，逢柩車，崔人有執拂者⓬。問其所葬，曰：「蓮子也。」呼載歸。奔告崔子曰：「蓮子非死，蓋尸蹷⓭耳。向者，革入郭，遇其柩，載歸而往。請蘇之⓮。」

崔怒革之初言，悲蓮子之遽夭。勃然曰：「匹夫也，妄惑諸侯，遂齒簪裾之列⓯，汝謂二十春無疾者，一年而死，今既葬矣，召其柩而歸，脫不能生⓰，何以相見？」

革曰：「此固非死，蓋尸蹶耳。苟不能生之，是革術不仁於天下，何如就死以謝過言[17]。」

乃令破棺出之，遂刺其心及臍下各數處，鑿去一齒，以藥一刀圭[18]納入口中，衣以單衣，臥空牀上，以練素縛其手足[19]，有微火於床下。曰：「此火衰，蓮子生矣。」且戒其徒，煮葱粥伺焉。其氣通若狂者，慎勿令起，逡巡自定[20]，定而困，困即解其縛，以葱粥灌之，遂活矣。正狂令起，非吾之所知也。

言竟，復入府謂崔曰：「蓮子即生矣。」

崔大釋其怒，留坐廳事。俄而蓮子起坐言笑。界吏報敖，敖飛牘於崔：「蓮子復生，乃何術也？」仍與革偕歸。入門則蓮子來迎。敖大奇之。且夫蓮子事崔也，非素意，因勸以與革。崔亦惡其無齒，且重敖，遂與革。

革得之，以神藥傳齒[21]，未逾月而齒生如故。

（革）太和壬子歲調金吾騎曹，與蓮子偕在輦下。其年秋，高損之以其元舅為天官，即日與相聞，故熟其事而言之。

校志

一、本文據《太平廣記》卷第三百一十九校錄，予以分段，並加註標點符號。

二、括弧中字為編者所添，以求文之通順。

三、最後一段與故事本體無關。

註釋

❶金吾騎曹——唐設十六衛，包括左、右金吾衛。騎曹為金吾衛中一小官。

❷和扁之術——和、扁，古神醫和與扁鵲。

❸太和——唐文宗年號。共九年。自西元八二七至八三五年。

❹宛陵巡官——宛陵有二，一為今安徽宣城。一在今河南。巡官、節度使府中之一員小武官。

❺按察使——唐地方政府，採州、縣二級。府、州之別稱。州數太多，乃分道以司監察。道的長官即按察使。（薩夢武：《中國社會政治史》三冊九章〈地方官制〉。）

❻斥出貨焉——申訴之後，予以貨賣。貨、賣也。唐時，奴婢可買賣。

❼七百緡——一緡為一千錢，七百緡，七十萬錢。

❽評其脈——把脈檢查。有如今日之體檢。

❾送其直於敖——把蓮子的身價、即七十萬錢，致送給于敖。

❿敖以……一段話——于敖雖一時怒惱將蓮子賣掉。若賣給生人，也就罷了。賣給部下崔某。又見崔對蓮子寵愛，不覺心中難過。怒形於色。然而，既已賣了，不能復收回。只能把不快存於心中也。

⓫方有外郵之事——一說馬遞曰置，步遞曰郵。我們認為：外郵、可能是面遞公文，必須親手交付。

⓬逢柩車，崔人有執拂者——逢件棺材車，執拂送葬的有崔家的人。

⓭屍蹶——昏死。

⓮請蘇之——請讓我把她甦醒過來。

⓯遂齒簪裾之列——竟無恥到列身官吏之間！

⓰脫不能生——脫、假若。

⓱就死以謝過——以一死抵罪過。

⓲刀圭——量藥的器具。

⓳以練素縛其手足——用白布綁住她的手腳。

⓴其氣通三句——呼吸若恢復了，病人會像發狂的人。千萬莫讓她爬起身。一會兒便安定下來了。

㉑神藥傅齒——把神藥敷在牙齒上。

二十、李靖

衛國公李靖微時，嘗射獵霍山中❶，寓食山村，村翁奇其為人，每豐饋焉，歲久益厚❷。忽遇群鹿，乃逐之，會暮，欲捨之不能。俄而陰晦迷路，茫然不知所歸，悵悵而行，困悶益極，乃極目有燈火光，因馳赴焉。既至，乃朱門大第，墻宇甚峻。叩門久之。一人出問。公告其迷，且請寓宿。人曰：「郎君皆已出，惟太夫人在，宿應不可。」公曰：「試為咨白。」乃入告而出曰：「夫人初欲不許，且以陰黑，客又言迷，不可不作主人。」邀入廳中。有頃，一青衣出曰：「夫人來。」年可五十餘，青裙素襦，神氣清雅❸，宛若士大夫家。

公前拜之，夫人答拜曰：「兒子皆不在，不合奉留。今天色陰晦，歸路又迷，此若不容，遣將何適。然此山野之居，兒子往還，或夜到而喧，勿以為懼。」

公曰：「不敢。」

既而命食，食頗鮮美，然多魚。食畢，夫人入宅。二青衣送床席裀褥，衾被香潔，皆極鋪陳❹。閉戶，繫之而去。

公獨念山野之外，夜到而鬧者，何物也？懼不敢寢。端坐聽之。

夜將半。聞扣門聲甚急。又聞一人應之。曰：「天符大郎子報當行雨，周此山七里，五更須足，無慢滯！無暴傷！」應者受符入呈。聞夫人曰：「兒子二人未歸。行雨符到，固辭不可，違時見責。縱使報之，亦已晚矣。僮僕無任專之理，當如之何？」

一小青衣曰：「適觀廳中客，非常人也，盍請乎？」夫人喜。因自扣廳門曰：「郎覺否？請暫出相見。」

公曰：「諾。」遂下階見之。

夫人曰：「此非人宅，乃龍宮也。妾長男赴東海婚禮。小男送妹。適奉天符次當行雨。計兩處雲程，合踰萬里，報之不及，求代又難，輒欲奉煩頃刻間，如何？」

公曰：「靖俗客，非乘雲者，奈何能行雨？有方可教，即唯命耳。」

夫人曰：「苟從吾言，無有不可也。」遂勑黃頭被青驄馬來。又命取雨器，乃一小瓶子，繫於鞍前。

誡曰：「郎乘馬，無漏銜勒，信其行❺，馬躩地嘶鳴，即取瓶中水一滴，滴馬鬃上，慎勿多也。」

（公）於是上馬，騰騰而行，其足漸高，但訝其穩疾，不自知其雲上也。風急如箭，雷霆起於步下。於是隨所躩，輒滴之。既而電掣雲開，下見所憩村，思曰：「吾擾此村多矣，方德其人，計無以報。今久旱苗稼將悴❻，而雨在我手，寧復惜之？」顧一滴不足濡，乃連下二十滴。俄頃雨畢，騎馬復歸。

夫人者泣於廳曰：「何相誤之甚。本約一滴，何私感而二十之。天此一滴，乃地上一尺雨也。此村夜半，平地水深二丈，豈復有人？妾已受譴，杖八十矣。」袒視其背，血痕滿焉。兒子並連坐，如何？」公慚怖不知所對。

夫人復曰：「郎君世間人，不識雲雨之變，誠不敢恨。即恐龍師來尋，有所驚恐，宜速去此。然而勞煩未有以報。山居無物，有二奴奉贈。摠取亦可，取一亦可，唯意所擇。」於是，命二奴出來。一奴從東廊出，儀貌和悅，怡怡然❼；一奴從西廊出，憤氣勃然，拗怒而立❽。

公曰：「我獵徒，以鬭猛為事。一旦取奴而取悅者，人以我為怯乎。」因曰：「兩人皆取則不敢。夫人既賜，欲取怒者。」

夫人微笑曰：「郎之所欲乃爾。」遂揖與別，奴亦隨去。出門數步，迴望失宅。顧問其奴，亦不見矣。獨尋路而歸。及明，望其村，水已極目，大樹或露梢而已，不復有人。其後竟以兵權靜寇難，功蓋天下，而終不及於相，豈非悅奴之不兩得乎？世言關東出相，關西出將。豈東西而喻耶？所以言奴者，亦臣下之象。向使二奴皆取，即位極將相矣。

校志

一、本文據《太平廣記》卷四百一十八〈李靖〉與宋臨安書棚本《續玄怪錄》校錄，予以分段，並加註標點符號。

二、傳奇中，如杜光庭的〈虯髯客傳〉和本文，都是以李靖為主角，前者絕非事實，學者考之甚詳。本文亦非真實。《新唐書》卷九十三〈李靖傳〉載靖少時便通書，常和他的舅舅韓擒虎論兵。韓擒虎常歎息說：「可與語孫、吳者，非斯人尚誰哉」？仕隋為殿內直表，吏部尚書牛弘誇他：「王佐才也！」左僕射楊素拊其牀謂曰：「卿終當坐此。」可見靖年少已得志，何須靠狩獵為活。且靖之外祖父韓擒虎，其父為「北周大將軍，洛、虞等八州刺史，他的女婿，也就是李靖的父親，不可能是貧窮人家子弟，不致讓兒子狩獵過活！靠村民周濟，文中且說李靖：「功蓋天下而不及相，豈非取奴之不得手？」我們看《新唐書》卷二〈太宗本紀〉：「四年……八月甲寅，李靖為尚書右僕射。」卷四十六〈百官志〉云：「初唐因隋制，以三省之長：中書令、侍中、尚書令共議國政。此宰相職也。其後以太宗嘗為尚書令，臣下避不敢居其職，由是僕射為尚書省長官，與侍中、中書令號為宰相。」而于貞觀八年，靖破突厥，賞賜甚多。靖因感功高，上書乞骸骨。帝授特進，准「三日一至門下（省）、中書（省）平章事。」平章政事，當然是宰相。是以，李靖可真是既出將，又入相。本文作者的話不正確（新書卷六十一〈宰相表〉上：「貞觀四年庚寅，八月甲寅，靖為尚書左僕射。」）

註釋

❶李靖微時，嘗射獵霍山中——李靖京兆人，即長安人。霍山有三，一在山西。一在河南。一在安徽。隋大將韓擒虎的外孫。世家子弟。不知為何要到霍山打獵為生。

❷村翁奇其為人，每豐饋焉，歲久益厚——村裡年長的人覺得李靖待人接物都不錯，常豐豐盛盛的餽贈他。年代久了，更為豐厚，好像李靖在村子裡住了多年的樣子。

❸青裙素襦，神氣清雅——衣服樸素，而氣質高雅。像是「夫人」級。

❹衾被香潔，皆極鋪陳——被單被褥都很乾淨，非常氣派。

❺郎乘馬，無漏銜勒，信其行——你乘馬，莫管馬銜馬勒，由他走。

❻久旱苗稼將悴——久旱未雨，禾稼都要枯死了。

❼儀貌和悅，怡怡然——容貌儀態都很溫和愉快。

❽憤氣勃然，拗怒而立——憤怒的樣子，傲然站在一旁。

二十一、杜子春

杜子春者，蓋周隋間人❶，少落托不事家產❷。然以志氣閒曠，縱酒漫遊，資產蕩盡，投於親故，皆以不事事見棄。方冬，衣破腹空，徒行長安中，日晚未食，彷徨不知所往。於東市西門，饑寒之色可掬❸，仰天長吁❹。

有一老人策杖於前，問曰：「君子何歎。」

春言其心，且憤其親戚之疏薄也，感激之氣，發於顏色。

老人曰：「幾緡則豐用。」子春曰：「三五萬，則可以活矣。」老人曰：「未也。」更言之：「十萬。」曰：「未也。」乃言：「百萬」。亦曰：「未也。」曰：「三百萬。」乃曰：「可矣。」於是袖出一緡，曰：「給子今夕❺。明日午時，候子於西市波斯邸，慎無後期❻。」

及時，子春往，老人果與錢三百萬。不告姓名而去。

子春既富，蕩心復熾。自以為終身不復羈旅也。乘肥衣輕❼，會酒徒，徵絲管，歌舞於倡樓，不復以治生為意。一二年間，稍稍而盡。衣服車馬，易貴從賤，去馬而驢，去驢而徒❽；倏忽如初。既而復無計，自歎于市門。發聲，而老人到。

（老人）握其手曰：「君復如此，奇哉！吾將復濟子幾緡方可？」子春慚不應。老人因逼之。子春愧謝而已。老人曰：「明日午時來前期處。」子春忍愧而往，得錢一千萬。

未受之初，憤發，以為從此謀身治生，石季倫猗頓小豎耳。錢既入手，心又翻然。縱適之情，又卻如故。不一二年間，貧過舊日。復遇老人於故處。子春不勝其愧。掩面而走。老人牽裾止之，又曰：「嗟乎，拙謀也！」因與三千萬，曰：「此而不痊。則子貧在膏肓矣。」

子春自忖：「吾落拓邪遊，生涯罄盡，親戚豪族，無相顧者。獨此叟三給我，我何以當之？」因謂老人曰：「吾得此，人間之事可以立，孤孀可以衣食，於名教復圓矣。感叟深惠，立事之後，唯叟所使。」

老人曰：「吾心也。子治生畢，來歲中元見我於老君雙檜下。」子春以孤孀多寓淮南，遂轉資揚州，買良田百頃，郭中起甲第，要路置邸百餘間。悉召孤孀分居第中。婚嫁甥姪。遷祔族親，恩者煦之，讎者復之❾。既畢事，及期而往。老人者方嘯於二檜之陰。

遂與登華山雲臺峯，入四十里餘，見一處室屋嚴潔，非常人居。彩雲遙覆，鸞鶴飛翔。其上有正堂，中有藥爐。高九尺餘。紫焰光發，灼煥窗戶❿。玉女九人，環爐而立。青龍白虎，分踞前後。其時，日將暮，老人者不復俗衣，乃黃冠絳帔士也[11]。持白石三丸，酒一卮[12]，遺子春，令速食之。訖，取一虎皮鋪於內西壁，東向而坐。戒曰：「慎勿語。雖尊神，惡鬼，夜叉，猛獸，地獄，及君之親屬為所困縛萬苦，皆非眞實。但當不動不語，宜安心莫懼，終無所苦。當一心念吾所言。」言訖而去。

子春視庭，唯一巨甕，中滿貯水而已。

道士適去，而旌旗戈甲，千乘萬騎，徧滿崖谷，呵叱之聲，震動天地。有一人稱大將軍，身長丈餘，人馬皆著金甲，光芒射人。親衛數百人，皆杖劍張弓，直入堂前，呵曰：「汝是何人，敢不避大將軍？」左右竦劍而前，逼問姓名，又問作何物，皆不對。問者大怒，摧斬爭射之聲如雷。竟不應。將軍者極怒而去。

俄而猛虎，毒龍，狻猊，獅子，蝮蝎，萬計；哮吼拏攫而前，爭欲搏噬，或跳過其上。子春神色不動。有頃而散。

既而大雨滂澍[13]，雷電晦暝，火輪走其左右，雷光掣其前後，目不得開。須臾，庭際水深丈餘，流電吼雷，勢若山川開破，不可制止。瞬息之間，波及坐下，子春端坐不顧。未頃而散。

將軍者復來，引牛頭獄卒，奇貌鬼神，將大鑊湯置子春前，長槍兩叉，四面週匝。傳命曰：「肯言姓名，即放。不肯言，即當必取置之鑊中。」又不應。因執其妻來，捽於階下，指曰：「言姓名免之。」又不應。及鞭捶流血，或射或斫，或煮或燒，苦不可忍。其妻號哭曰：「誠為陋拙，有辱君子，然幸得執巾櫛。奉事十餘年矣。今為尊鬼所執，不勝其苦。不敢望君匍匐拜乞，但得公一言，即全性命矣。人誰無情，君乃忍惜一言。」雨淚庭中，且咒且罵。春終不顧，將軍且曰：「吾不能毒汝妻耶？」令取剉碓，從腳寸寸剉之。妻叫哭愈急，竟不顧之。將軍曰：「此賊妖術已成，不可使久在世間。」敕左右斬之。

斬訖，魂魄被領見閻羅王。王曰：「此乃雲臺峯妖民乎？捉付獄中。」于是鎔銅，鐵杖，碓擣，磑磨，火坑，鑊湯、刀山，劍樹之苦，無不備嘗。然心念道士之言，亦似可忍，竟不呻吟。

獄卒告受罪畢。王曰：「此人陰賊，不合得作男，宜令作女人。」配生宋州單父縣丞王勸家。」

生而多病，針灸藥醫，略無停日。亦嘗墜火墮牀，痛苦不齊，終不失聲。俄而長大，容色絕代，而口無聲，其家目為啞女。親戚狎者，侮之萬端，終不能對。同鄉有進士盧珪者，聞其容而慕之。因媒氏求焉。其家以啞辭之。盧曰：「苟為妻而賢，何用言矣。亦足以戒長舌之婦。」乃許之。

盧生備六禮親迎為妻。數年，恩情甚篤，生一男，僅二歲，聰慧無敵。盧抱兒與之言，不應，多方引之，終無辭。盧大怒曰：「昔賈大夫之妻，鄙其夫，纔不笑。然觀其射雉，尚釋其憾。今吾又不及賈，而文藝非徒射雉也。而竟不言。大丈夫為妻所鄙。安用其子。」乃持兩足，以頭撲於石上，應手而碎，血濺數步。

子春愛生于心，忽忘其約，不覺失聲云：「噫。」

噫聲未息，身坐故處。道士者亦在其前。初五更矣。見其紫焰穿屋上，大火起四合，屋室俱焚。

道士歎曰：「措大⑭誤余乃如是！」因提其髮投水甕中。

未頃，火息。道士前曰：「吾子之心，喜怒哀懼惡欲，皆忘矣。所未臻者，愛而已。向使子無噫聲。吾之藥成，子亦上仙矣。嗟乎，仙才之難得也！吾藥可重煉，而子之身猶為世界所容矣，勉之哉！」遙指路使歸。

子春强登基觀焉，其爐已壞。中有鐵柱大如臂，長數尺。道士脫衣，以刀子削之。

子春既歸，愧其忘誓，復欲自效以謝其過。行至雲臺峯，絕無人跡，歎恨而歸。

說明

一、《廣記》卷十六載有此篇。後註云：「出《續玄怪錄》。」《廣記》卷四十四引《河東記》〈蕭洞玄〉一條和本文故事相類。

二、本文據《廣記》、世界汪國垣編《唐人傳奇小說》和商務人人文庫《舊小說》校錄，並加註標點符號。

註釋

❶周、隋間人——北周與隋朝之間的人。

❷落托不事家產——落托，一作落拓，散漫無檢制。不會管理家產。

❸饑寒之色可掬——掬、用兩手取。「饑寒交迫的樣子甚為明顯」的意思。

❹仰天長吁——仰天長歎。

❺給子今夕——供給你今晚的食用。

❻慎無後期——千萬莫遲到。

❼乘肥衣輕——肥、肥馬。輕、輕裘。古時，有錢人家，騎的是肥馬。穿的是非常輕的毛皮衣—像狐皮。

❽去馬而驢，去驢而徒——把馬換成了便宜的驢，最後，驢也坐不起了，改為徒步了。

❾恩者煦之，讎者復之——報恩復仇之意。

❿紫焰光發，灼煥窗戶——爐火燒得熾熱，門窗都光亮。

⓫黄冠絳帔士——穿戴道士衣冠的道人。

⓬白石三丸，酒一巵——給杜子春三顆丹藥，一杯酒。

⓭大雨滂澍——傾盆大雨。滂、澍、注也。雨下如注。

⓮措大——貧寒的讀書人叫「措大」。

二十二、裴諶

裴諶、王敬伯、梁芳，約為方外之友。隋大業中，相與入白鹿山學道❶。謂黃白可成，不死之藥可致❷。雲飛羽化，無非積學。辛勤採練，手足胼胝，十數年間。

無何，梁芳死。敬伯謂諶曰：「吾所以去國忘家，耳絕絲竹，口厭肥豢❸，目棄奇色。去華屋而樂茆齋。賤歡娛而貴寂寞者，豈非覬乘雲駕鶴、遊戲蓬壺❹？縱其不成，亦望長生，壽畢天地耳。今仙海無涯，長生未致，辛勤於雲山之外，不免就死。敬伯所樂將下山，乘肥衣輕，聽歌翫色❺，遊於京洛❻，意足然後求達，建功立事，以榮耀人寰。縱不能憩三山，飲瑤池，驂龍衣霞，歌鸞舞鳳，與仙官為侶，且腰金拖紫❼，圖形凌烟，厠卿大夫之間，何如哉！子盍歸乎？無空死深山。」

諶曰：「吾乃夢醒者，不復低迷。」

敬伯遂歸，諶留之不得。時唐貞觀初❽，以舊籍調授左武衛騎曹參軍❾。大將軍趙朏妻之以女，數年間，遷大理廷評，衣緋，奉使淮南，舟行過高郵，制使之行❿，呵叱風生，舟船不敢動。

時天微雨，忽有一漁舟突過，中有老人衣蓑戴笠，鼓棹而去，其疾如風。敬伯以為：吾乃制使，威振遠近，此漁父敢突過。試視之，乃諶也。遂令追之。因請維舟，延之坐內，握手慰之曰：「兄久居深山，拋擲名宦，而無成到此極也！夫風不可繫，影不可捕。古人倦夜長，尚秉燭遊，況少年白晝而擲之乎？敬伯自出山數年，今廷尉評事矣。昨者推獄平允，乃天錫命服。淮南疑獄，今讞於有司，上擇詳明吏覆訊之，敬伯預其選，故有是行。雖未可言宦達，比之山叟，自謂差勝。兄甘勞苦，竟如曩日，奇哉奇哉。今何所須？當以奉給。」

諶曰：「吾儕野人，心近雲鶴，未可以腐鼠嚇⓫也。吾沉子浮，魚鳥各適，何必矜炫也⓬。夫人世之所須者，吾當給爾。子何以贈我？吾與山中之友，市藥於廣陵，亦有息肩之地。青園橋東，有數里櫻桃園，園北車門，即吾宅也。子公事少隙，當尋我於此。」遂翛然而去⓭。

敬伯到廣陵十餘日。事少間，思諶言，因出尋之。果有車門，試問之，乃裴宅也。人引以入，初尚荒涼，移步愈佳。行數百步，方及大門，樓閣重複，花木鮮秀，似非人境。烟翠蔥蘢，景色妍媚，不可形狀。香風颯來，神清氣爽，飄飄然有凌雲之意，不復以使車為重，視其身若腐鼠，視其徒若螻蟻。既而稍聞劍佩之聲。二青衣出曰。裴郎來。俄有一人，衣冠偉然，儀貌奇麗。敬伯前拜，視之乃諶也。

裴慰之曰：「塵界仕宦，久食腥羶，愁慾之火，焰於心中，負之而行，固甚勞困。」遂揖以入，坐於中堂。窗戶棟梁。飾以異寶，屏帳皆畫雲鶴。有頃，四青衣捧碧玉臺盤而至，器物珍異，皆非人世所有；香醪嘉饌，目所未窺。

既而日將暮，命其促席，燃九光之燈，光華滿坐。女樂二十人，皆絕代之色，列坐其前。裴顧小黃頭曰：「王評事者，吾山中之友，道情不固，棄吾下山，別近十年，纔為廷尉。屬今俗心已就，須俗妓以樂之。顧伶家女無足召者，當召士大夫之女已適人者。如近無麗姝，五千里內，皆可擇之。」小黃頭唯唯而去。

諸妓調碧玉箏，調未諧，而黃頭已復命，引一妓自西階登，拜裴席前。裴揮曰：「參評事。」敬伯答拜。細視之，乃敬伯妻趙氏。而敬伯驚訝不敢言，妻亦甚駭，目之不已。遂令坐玉階下，一青衣捧玳瑁箏授之。趙素所善也，因令與坐妓合曲以送酒。敬伯坐間，取一殷色朱李投之，趙顧敬伯，潛繫於衣帶。妓奏之曲，趙皆不能逐，裴乃令隨趙所奏，時時停之，以呈其曲。其歌雖非雲韶九奏之樂，而清亮宛轉，酬獻極歡。

天將曙，裴召前黃頭曰：「送趙夫人。」且謂曰：「此堂乃九天畫堂，常人不到。吾昔與王為方外之交，憐其為俗所迷，自投湯火，以智自燒，以明自賊，將沉浮於生死海中，求岸不得。故命於此，一以醒之。今日之會，誠再難得。亦夫人宿命，乃得暫遊。雲山萬重，復往勞苦，無辭也。」趙拜而去。

裴謂敬伯曰：「評公使車留此一宿，得無驚郡將乎，宜且就館。未赴闕閒時，訪我可也。塵路遐遠，萬愁攻人，努力自愛。」敬伯拜謝而去。

復五日將還，潛詣取別。其門不復有宅，乃荒涼之地，煙草極目，惆悵而返。及京奏事畢，將歸私第，諸趙競怒曰：「女子誠陋，不足以奉事君子，然已辱厚禮，亦宜敬之，夫上以承先祖，下以繼後事。豈苟而已哉。奈何以妖術致之萬里，而娛人之視聽乎。朱李尚在，其言足徵，何諱乎？」

敬伯盡言之，且曰：「當此之時，敬伯亦自不測。此蓋裴之道成矣，以此相炫也。」其妻亦記得裴言，遂不復責。

吁，神仙之變化，誠如此乎。將幻者鬻術以致惑乎。固非常智之所及。且夫雀為蛤，雉為蜃，人為虎，腐草為螢。蜣蜋為蟬。鯤為鵬，萬物之變化，書傳之記者，不可以智達，況耳目之外乎。

校志

一、本文據《太平廣記》卷十七與商務《舊小說》第四集《續玄怪錄》校錄，予以分段，並加註標點符號。

二、本文最後一段議論，和〈韋氏子〉篇「雀為蛤，雉為蜃、人為虎、腐草為螢，蜣螂為蟬，鯤為鵬，萬物之變化，書傳之記者，不可以智達，況耳目之外乎？」幾乎雷同。可證此二文出諸一人之手。

註釋

❶隋大業中，相與入白鹿山學道——大業、隋煬帝年號，共十四年。西元六〇五至六一八年。學道：追求神仙之道。

❷黃白可成，不死之藥可致——三人認為：可變化砂石為金（黃）銀（白）。可得到長生不死的仙丹妙藥。

❸耳絕絲竹，口厭肥豢——耳不聽音樂，口不吃葷肉。豢、音飯。食五谷之牲畜。

❹豈非覬乘雲駕鶴、遊戲蓬壺——（求道的目的）不過是覬覦能乘雲駕鶴，遊戲於蓬萊。仙山之間。

❺乘肥衣輕，聽歌翫色——乘肥馬，著輕裘，聽音樂，近女色。

❻遊於京洛——遊戲於長安（京）與洛陽。

❼腰金拖紫——圍金腰帶，穿紫官服。即任宰相。唐代宰相「同中書門下三品」，服色由紅而紫了。

❽唐貞觀初——貞觀、唐太宗年號。共二十三年。自西元六二七至六四九年。

❾以舊籍調授左武衛騎曹參軍——王敬伯因有舊官籍在，調任騎曹參軍之官。官階正八品下。

❿制使之行——制使、天子之使。

⓫腐鼠嚇——《莊子》：「鵷鶵非梧桐不棲，非練實不食，非醴泉不飲。於是鴟得腐鼠，鵷鶵過之，仰而視之曰：嚇。」腐鼠在鴟來說，是珍味，而恐鵷鶵來奪，故「嚇」之。殊不知在鵷鶵眼中，腐鼠實在太低賤了！

⓬吾沉子浮，魚鳥各適，何必矜炫也——你是高飛的鳥，我是浮沉水中的魚，各適其所適，何必要炫耀呢？

⓭翛然而去——翛，音消。無倖也，和「飄然」的意思差不多。

二十三、李紳

故淮海❶節度使李紳，少時與二友同止華陰❷西山舍。一夕，林叟有賽神者來邀，適有頭瘡❸之疾不往，二友赴焉。

夜分，雷雨甚，紳入止深室。忽聞堂前有人祈懇之聲❹，徐起窺簾，乃見一老叟，眉鬚皓然，坐東牀上，青童❺一人，執香爐拱立於後。紳訝之，心知其異人也，具衫履出拜之。

父曰：「年少識我乎？」

曰：「小子未嘗拜睹。」

老父曰：「我是唐若山❻也，亦聞吾名乎？」

曰：「嘗於仙籍見之。」

老父曰：「吾處北海久矣，今夕南海群仙會羅浮山❼，將往焉。及此，遇華山龍鬬，散雨滿空。吾服藥者，不欲令霑服，故憩此耳。子非李紳乎？」

對曰：「某姓李，不名紳。」

老父曰：「子合名紳，字公垂，在籍矣。能隨我一遊羅浮乎？」紳曰：「平生之願也。」老父喜。有頃風雨霽，青童告可行。叟乃袖出一簡若笏形，縱拽之❽，長丈餘，橫拽之，闊數尺，緣卷底拗，宛若舟形❾。父登居其前，令紳居其中，青童坐其後。叟戒紳曰：「速閉目，愼勿偷視。」紳則閉目，但覺風濤洶湧，似泛江海。

逡巡舟止，叟曰：「開視可也。」已在一山前，樓殿參差，藹若天外❿，簫管之聲，寥亮雲中。端雅士十餘人，喜迎叟。指紳曰：「何人也？」

叟曰：「李紳耳。」

群士曰：「異哉公垂，果能來人世凡濁。苦海非淺，自非名繫仙籙，何路得來？」

叟令紳遍拜之。

群士曰：「子能我從乎？」

紳曰：「紳未立家，不獲辭，恐若黃初平貽憂於兄弟。」

未言間，群士已知：「子念歸，不當入此居也。子雖仙籙有名，而俗塵尚重，此生猶沈幻界耳⓫。美名崇官，外皆得之。守正修靜，來生既冠，遂居此矣。勉之，勉之。」

紳復遍拜叟歸辭訖。遂合目，有一物若驢狀近身，乘之，又覺走於風濤之上。頃之悶甚思視，纔開目，已墮地，而失所乘者。仰視星漢，近五更矣，似在華山北。涂行數里，逢旅舍，乃羅浮店也。去所止二十餘里，緩步而歸。

明日，二友與僕夫方奔訪覓之。相逢大喜。問所往，詐云：「夜獨居，偶為妖狐所惑，隨造其居。將曙，悟而歸耳。」自是改名紳，字公垂，果登甲科翰苑，歷任郡守，兼將相之重。

校志

一、本文據《太平廣記》卷四十八與商務《舊小說》第四集《續玄怪錄》校錄，予以分段，並加註標點符號。

二、李紳、兩唐書均有傳。《唐才子傳》、《唐詩紀事》，也都有他的故事。他六歲喪父，母盧氏躬授之學。為人短小精悍，於詩最有名，時號短李。白樂天詩云：「剛被老元偷格律，苦教短李伏歌行。」元指元微之。短李，即李紳。紳自負歌行。元和初進士擢第。武宗時拜相，四年後，節度使淮南。卒。（新書卷一百八十一本傳。）

註釋

❶淮南——唐貞觀時置淮南道。今湖北省境長江以北，漢水以東。江蘇、安徽兩省境內，江以北、淮以南，皆屬之。治設揚州。「淮海」似為「淮南」之誤。他以「文藝節操見聞，而屢為怨仇所拫卻，卒能自伸其才，以名位終。」（新書本傳）。

❷華陰——今陝西省潼關縣之西，以地處華山之北，故名華陰。

❸頭痃——頭暈。「痃」似為「眩」之誤。「痃」、所謂「橫痃」，乃性病之一。

❹祈懇之聲——祈禱的聲音。

❺青童——本是謂「仙人」。此處似是指侍候老人的童子。

❻唐若山——《仙傳拾遺》載：若山魯郡仁。唐先天中官尚書郎。連典劇郡。開元中出為潤州，頗有惠政。弟若水為道士。若山後得道成仙云。

❼羅浮山——在廣東晉內。相傳晉葛洪在此山得道。

❽縱拽之——前後拉。橫拽之：左右拉。

❾緣卷底抝——邊緣捲起，底部抝下，使成舟的形狀。（按：抝，抝俗字。「抝口令」，抝入去。）

❿樓殿參差，藹若天外——樓閣聳立，恍如世外。

⓫此生猶沈幻界耳——沈、沉。群士認為李紳這一生還要經歷凡俗。所謂幻界，變化多端的世界也。

二十四、韋氏子

韋氏子有服儒而任於唐元和朝者❶，自幼宗儒，非儒不言。故以釋氏為胡法，非中國宜興❷。有二女，長適相里❸氏，幼適胡氏。長夫執外舅之論。次夫則反之，常敬佛奉教❹，攻習其文字。其有不譯之字宜讀梵❺音者，則屈舌效之，久而益篤。

及韋氏子寢疾，命其子曰：「我儒家之人，非先王之教不服，吾今死矣，慎勿為俗態。鑄釋飯僧，祈祐於胡神，負吾平生之志。」其子從之。既除服，而胡氏妻死。凶聞到相里氏，以其婦臥疾，未果訃之。俄而疾殆，其家泣而環之，且屬纊❻焉。欻若鬼神扶持，驟能坐起❼，呼其夫曰：「妾季妹死已數月，何不相告？」因泣下嗚咽。

其夫紿之曰：「安得此事？賢妹微恙，近聞平復。荒惑之見，未可憑也。勿遽惆悵，今疾甚，且須將息。」

又泣曰：「妾妹在此。自言今年十月死，甚有所見，命吾弟兄來，將傳示之。昨到地府西曹之中，聞高墉❽之內，冤楚叫悔之聲，若先君聲焉。觀其上，則火光迸出，焰若風雷。求入禮觀，不可。因遙哭呼之。先君隨聲叫曰：『吾以平生謗佛，受苦彌切。無曉無夜，略無憩時，此中刑名，言說不及。惟有馨家迴向。冥資撰福，可救萬一，輪劫而受，難希降減。但百刻之中，一刻暫息，亦可略舒氣耳。』妹雖宿罪不輕，以夫家積善，不墮地獄，即當上生天宮也。妾以君心若先君，亦當受數百年之責，然委形之後，且將神化為烏。再七飯僧之時，可以來此。」

其夫泣曰：「洪爐變化，物固有之。雀為蛤，蛇為雉，雉為鴿，鳩為鷹，田鼠為鴽，腐草為螢。人為虎、為猨，為魚，為鼈之類，史傳不絕。為烏之說，豈敢深訝。然烏群之來，數皆數十。何以認君之身而加敬乎？」

曰：「尾底毛白者，妾也。為妾謝世人。為不善者，明則有人誅，暗則有鬼誅。絲毫不差。因其所迷，隨迷受化，不見天寶之人多而今寡乎？蓋為善者少，為惡者多。是以一廁之內，蟲豸萬計。一塼之下。螻蟻千萬。而昔之名城大邑，曠蕩無人。美地平原，目斷草莽，淂非其驗乎。多謝世人，勉植善業。」言訖復臥，其夕遂卒。

其為婦也，奉上敬，事夫順，為長慈，處下謙。故合門憐之，憫其芳年而變異物。無幼無長，泣以俟烏。

及期，烏來者數十，唯一止於庭樹低枝。窺其姑之戶，悲鳴屈曲。若有所訴者，少長觀之，莫不嗚咽，涂驗其尾，果有二毛，白如霜雪。姑引其手而祝之曰：「吾新婦之將亡也，言當化為烏而尾白。若真吾婦也，飛止吾手。」

言畢，其烏飛來，馴狎就食，若素養者，食畢而去。

自是，日來求食，人皆知之。數月之後，烏亦不來。

校志

本文據《太平廣記》卷第一百一校錄，予以分段，並加註標點符號。

註釋

❶韋氏子有服儒而任於唐元和朝者——韋氏在唐為著姓，傳奇作者常以著姓人為故事之主角。元和為唐憲宗年號。服儒、學宗儒教。「唐」字係《廣記》編者添上的。

❷以釋氏為胡法，非中國宜興——認為佛教乃屬蕃人之法，不宜在中國興行。

❸相里——複姓。一謂晉里克之後。一謂鄭子產之後。

❹長夫執外舅之論。次夫則反之，常敬佛奉教——媳稱夫之父母為舅、姑。婿稱岳父為外舅。長夫：長婿。

次夫：二女婿。

❺梵——佛教傳自印度，佛經文以梵文書。

❻屬纊——人瀕死時著綿於面，叫屬纊。

❼欻若鬼神扶持，驟能坐起——忽然像有鬼神扶持，病人突然坐起。

❽墉——牆之高者曰墉。

二十五、延州婦人

昔延州有婦女❶，白皙頗有姿貌。年可二十四五，孤行城市。年少之子，悉與之遊。狎昵薦枕，一無所卻❷，數年而歿。州人莫不悲惜，共醵喪具為之葬焉❸。以其無家，瘞於道左。

大曆中，忽有胡僧自西域來，見墓，遂趺坐具❹，敬禮焚香，圍繞讚歎。數日，人見謂曰：「此一淫縱女子❺，人盡夫也，以其無屬，故瘞於此。和尚何敬耶？」僧曰：「非檀越❻所知。此乃大聖，慈悲喜捨，喜俗之慾，無不狥焉❼。此即鏁骨菩薩。順緣已盡，聖者云耳。不信即啓以驗之❽。」衆人即開墓，視遍身之骨，鉤結蓋如鏁狀，果如僧言。州人異之，為設大齋，起塔焉。

校志

一、本文據《太平廣記》卷一百一校錄，予以分段，並加註標點符號。

二、《廣記》同卷中有引《宣室記》所載〈商居士〉一篇，云「商居士每運肢體，瓏然若戛玉之音。」他九十歲才過世，遺言弟子火化。「及視其骨，果鏁骨也。」世間豈真有鏁骨？今日醫學發達。當可證明：不可能！

註釋

❶延州——在今陝西省膚施線東南。

❷狎昵薦枕，一無所卻——男子找她調笑觸摸，甚至上床，她全不推除。

❸共醵喪具為之葬焉——大家湊錢買棺木為之下葬。醵、集合眾人的錢財。

❹遂趺坐具——趺，盤腿打坐，在坐具上打坐。

❺淫縱女子——荒淫放縱的女人。

❻檀越——施主。佛家語。

❼喜俗之慾，無不狥焉——世俗男人的慾望，沒有不順從的。狥、通徇。曲從也。

❽啟以驗之——開啟棺木相驗。

二十六、琴臺子

趙郡李希仲❶，天寶初❷，寄偃師❸，有女曰閑儀，生九歲。嬉戲於廨署❹之花欄內。忽有人遽招閑儀曰：「鄙有懇誠，願託賢淑❺。幸畢詞，勿甚驚駭。」

乃曰：「鄙為崔氏妻，有二男一女。男名琴臺子，鄙尤鍾念，生六十日，鄙則謝去。夫人當為崔之繼室。敢以念子為託，實仁愍之。」因悲慟怨咽，俄失所在。閑儀亦沉迷無所覺知矣❻。家人善養之，旬日無恙。

希仲秩滿，因家洛京❼。天寶末，幽薊起戎❽，希仲則挈家東邁，行至臨淮，謁縣尹崔祈❾。既相見，情歡依然。各敘祖姻❿，崔乃內外三從之昆仲也⓫。

時崔喪妻半載，中饋無主⓬，幼稚零丁，因求娶於希仲。希仲家貧時危，方為遠適，女況成立，遂許成親。

女既有歸，將謀南渡。偃師故事，初不省記。

一日，忽聞崔氏中堂，沉痛大哭。既令詢問，乃閑儀耳。希仲遇自詢問，則出一年孤孩曰：「此花欄所謂琴臺子者也。」因是倍加撫育，名之靈遇。及長，官至陳郡太守。

校志

一、本文據《太平廣記》卷第一百五十九校錄，予以分段，並加註標點符號。

二、唐時崔、盧、李、鄭、王，五姓七族，號稱高門。互通婚姻。五姓之女，對王族子弟都不屑一顧。李姓有趙郡李和隴西李二族。崔氏有清河、博陵二族。是故崔祈一提親，李希仲便俯允了。

三、閑儀天寶初九歲，天寶末，已二十餘歲了。二十餘歲才嫁人，似乎有點問題！然而，小說家之言，不必盡信。

註釋

❶趙郡李希仲——趙郡在此是郡望。非戶籍所在。校志二中已說明。

❷天寶——唐玄宗年號，計十五年。自西元七四二至七五六年。

❸宰偃師——今河南偃師縣。為偃師縣令。

❹廨署——官署，衙門。

❺鄙有懇誠，願託賢淑——鄙人有誠摯的懇求，希望託付給賢淑如妳的小姐。（閑儀才九歲，能聽得懂這些話嗎？）

❻閑儀亦沉迷無所覺知矣——閑儀也昏昏沉沉、迷迷糊糊的失去了知覺。似乎是暈了過去。

❼希仲秩滿，因家洛京——李希仲任滿了，便搬到洛陽居住。

❽幽薊起戎——天寶末年，安祿山反，從幽州起兵。

❾行至臨淮，謁縣尹崔祈——臨淮、今安徽泗縣附近。縣尹、縣太爺。

❿情歡依然。各敘祖姻——相處甚歡，有彼此依依不捨的味道。大家述說自己的身世、包括父、祖的仕履，所結的姻親。

⓫內外三從之昆仲也——昆仲、兄弟。內外三從之昆仲指遠親。從兄弟輩。表兄弟輩。

⓬中饋無主——沒有妻子。

二十七、唐儉

唐儉少時，乘驢將適吳楚。過洛城，渴甚，見路旁一小室，有婦人，年二十餘，向明縫衣。投之乞漿，則縫襪也。曰：「郎渴甚，為求之。」遂問別室取漿。逡巡，持一盂出。

儉視其室內，無櫥竈，及還而問之曰：「夫人之居，何不置火？」

曰：「貧無以炊，側近求食耳。」言既，復縫襪，意緒甚忙。

又問何故急速也。

曰：「妾之夫薛良，貧販者也，事之十餘年矣，未嘗一歸侍舅姑❶。明早郎來迎，故忙耳。」

儉激挑之，拒不答❷。儉愧謝之，遺餅兩軸而去❸。

行十餘里，忽記所要書有忘之者，歸洛取之。明晨復至此，將出都，為塗芻之阻❹，問何人。

對曰：「貨師薛良之柩也。」駭其姓名，乃昨婦人之夫也。遂問所注。

曰：「艮婚五年而妻死，殯故城中；又五年而艮死，艮兄發其柩，將祔先塋❺耳。」儉隨觀焉。至其殯所，是求漿之處。俄而啓殯，棺上有餅兩軸，新襪一雙。儉悲而異之，遂東去。

舟次揚州禪智寺東南，有士子二人。各領徒，相去百餘步，發故殯❻。一人驚歎久之，其徒往往聚笑；一人執鍤，碎其棺而罵之。儉遽造焉。其歎者曰：「璋姓韋，前太湖令。此發者，璋之亡子，窆十年矣。適開易其棺，棺中喪其一屨，而有婦人屨一隻。彼罵者，乃裴曠，前江都尉。其所發者，裴愛姬也，平生寵之。裴到任二年，姬卒，殯於此一年。裴今秩滿將歸於洛，不忍棄之。既發棺，見喪其一屨，而有丈夫屨一隻。兩處互驚，取合之，彼此成對。蓋吾不肖子淫於彼，往復無常，遽遺之耳。」

儉聞言，登舟靜思之曰：「貨師之妻死五年，猶有事舅姑之心；逾寵之姬，死，尚如此；生，復何望哉！士君子可溺於此輩而薄其妻也？」

校志

一、本文據《廣記》卷三百二十七與商務《舊小說》第四集《續玄怪錄》校錄，予以分段，並加註標點符號。

二、按唐初的唐儉，佐李氏開國，武德初歷任內史舍人、中書侍郎、散騎常侍，禮部尚書。其人爽邁少繩檢，事親以孝聞，改民部尚書；居官不事事，與賓客縱酒為樂。坐小法貶光祿大夫。高宗永徽初致仕。而本文末所記之裴驥，乃楊炎的黨翼，大歷時人。距唐儉歲月多多，王夢鷗先生《唐人小說研究》第四冊考定：此一唐儉，實非唐初的唐儉。不無道理。

註釋

❶事之十餘年矣，未嘗一歸侍舅姑——嫁給丈夫十來年了，還沒有歸去侍奉過舅姑。舅、姑，即公、婆。妻稱夫之父母為舅姑。

❷儉微挑之，拒不答——唐儉稍微挑逗她，她拒不理答。

❸遺餅兩軸——唐儉不好意思，一面賠不是，而後留下兩串餅，離去。

❹為塗芻之阻——《禮・檀弓》「塗車芻靈，自古有之。明器之道也。」塗車芻靈，都是送葬之物。

❺將祔先塋耳——祔、葬於先人墓側。

❻發故殯——殯、已斂而尚未葬入土中。

二十八、馬震

扶風❶馬震，居長安平康里。正晝，聞扣門。往看，見一賃驢小兒云：「適有一夫入自東市，賃某驢，至此入宅，未還賃價❷。」

其家實無人來，且付錢遣之。

經數日，又聞扣門，亦又如此。前後數四。疑其有異，乃置人於門左右，日日俟之。

是日，果有一婦人，騎驢從東來。漸近識之，乃是震母，亡十一年矣，葬於南山。其衣服尚是葬時者。

震驚號奔出，已見下驢。被人覺，不暇隱滅，震逐之，環屛而走，既而窮迫，入馬廄中，匿身後牆而立。

馬生連呼，竟不動。遂牽其裾，卒然而倒❸。乃白骨耳，衣服儼然，而體骨具足。細視之，有赤脈如紅線，貫穿骨間。馬生號哭，舉扶舁之❹。往南山，驗其墳域如故。發視，棺中已空矣。

馬生遂別卜，遷窆之❺，而竟不究其理。

校志

一、本文據《太平廣記》卷第三百四十六校錄，予以分段，並加註標點符號。

二、此文筆力單薄，只似志怪，而非傳奇體。

註釋

❶扶風——今陝西咸陽縣東。

❷未還賃價——賃、租賃。屋中夫人租了小驢夫的驢，沒給租錢。

❸卒然而倒——卒然、猝然。忽然。

❹舉扶易之——此句不通，當有闕誤。

❺遷窆之——把棺木葬入土中叫窆。遷窆、遷葬。葬至別處。別卜、另卜佳穴，以遷葬。「之」字似係衍入。

秀威經典　　語言文學類　PG2114　新視野56

教你讀唐代傳奇
——續玄怪錄

作　　者／劉　瑛
責任編輯／杜國維
圖文排版／林宛榆
封面設計／楊廣榕

出版策劃／秀威經典
發 行 人／宋政坤
法律顧問／毛國樑　律師
印製發行／秀威資訊科技股份有限公司
114台北市內湖區瑞光路76巷65號1樓
電話：+886-2-2796-3638　傳真：+886-2-2796-1377
http://www.showwe.com.tw
劃撥帳號／19563868　戶名：秀威資訊科技股份有限公司
讀者服務信箱：service@showwe.com.tw
展售門市／國家書店（松江門市）
104台北市中山區松江路209號1樓
電話：+886-2-2518-0207　傳真：+886-2-2518-0778
網路訂購／秀威網路書店：https://store.showwe.tw
國家網路書店：https://www.govbooks.com.tw

2019年3月　BOD一版
定價：220元

國家圖書館出版品預行編目

教你讀唐代傳奇：續玄怪錄 / 劉瑛著. -- 一版.
-- 臺北市：秀威經典, 2019.03
面； 公分. -- (語言文學類；PG2114)(新視野；56)
BOD版
ISBN 978-986-97053-3-2(平裝)

857.241　　108000340

讀者回函卡

感謝您購買本書，為提升服務品質，請填妥以下資料，將讀者回函卡直接寄回或傳真本公司，收到您的寶貴意見後，我們會收藏記錄及檢討，謝謝！如您需要了解本公司最新出版書目、購書優惠或企劃活動，歡迎您上網查詢或下載相關資料：http:// www.showwe.com.tw

您購買的書名：________________________

出生日期：________年________月________日

學歷：□高中（含）以下　□大專　□研究所（含）以上

職業：□製造業　□金融業　□資訊業　□軍警　□傳播業　□自由業

□服務業　□公務員　□教職　□學生　□家管　□其它____

購書地點：□網路書店　□實體書店　□書展　□郵購　□贈閱　□其他

您從何得知本書的消息？

□網路書店　□實體書店　□網路搜尋　□電子報　□書訊　□雜誌

□傳播媒體　□親友推薦　□網站推薦　□部落格　□其他________

您對本書的評價：（請填代號　1.非常滿意　2.滿意　3.尚可　4.再改進）

封面設計____　版面編排____　內容____　文／譯筆____　價格____

讀完書後您覺得：

□很有收穫　□有收穫　□收穫不多　□沒收穫

對我們的建議：________________________

____

____

____

請貼
郵票

11466
台北市內湖區瑞光路 76 巷 65 號 1 樓

秀威資訊科技股份有限公司 收

BOD 數位出版事業部

(請沿線對折寄回,謝謝!)

姓　名:________ 年齡:________ 性別:□女 □男

郵遞區號:□□□□□

地　址:________

聯絡電話:(日)________ (夜)________

E-mail:________